徐谷菴書畫作品輯（下）

桃源徐希庵

徐谷菴書畫作品輯〈下〉目　次

圖版

山水・其他

扇面

書法

印譜

圖版

相對亦忘言

90cm×45cm

蕉梅八哥

100cm×35cm

傲群芳

100cm×34cm

秋聲

100cm×34cm

合唱春來了

100cm×34cm

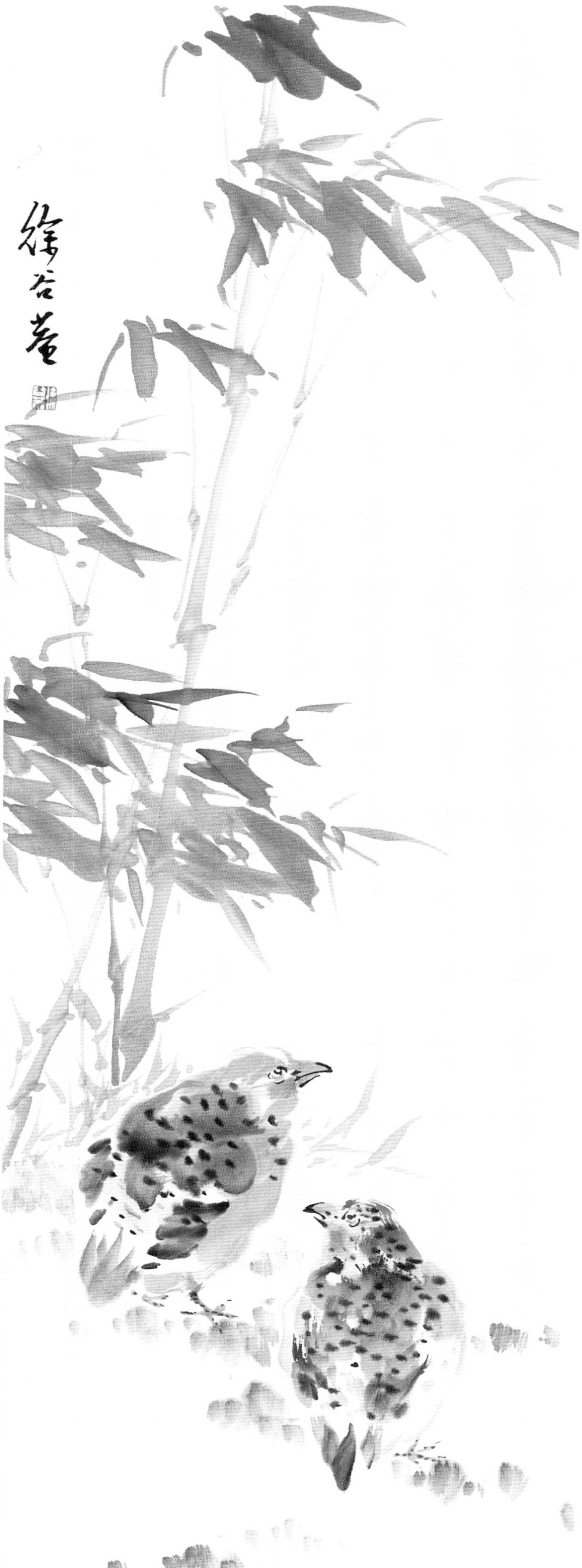

竹雞
100cm×34cm

微風輕送染衣香　116cm×69cm

香夢沉酣　110cm×61cm

墨影含芳　112cm×61cm

豐收　69cm×68cm

高拂煙梢　113cm×60cm

江南油桐花　67cm×56cm

我欲開屏　360cm×96cm

春艷　91cm×35cm

召唤　92cm×67cm

紅艷　70cm×45cm

塘邊湘妃竹

102cm×35cm

籬邊　73cm×61cm

憶重陽

133cm×67cm

長卷墨荷　540cm×34cm

風動香益清
桃溪具晋
徐笑庵
家老和
寫於心齋
高烨八

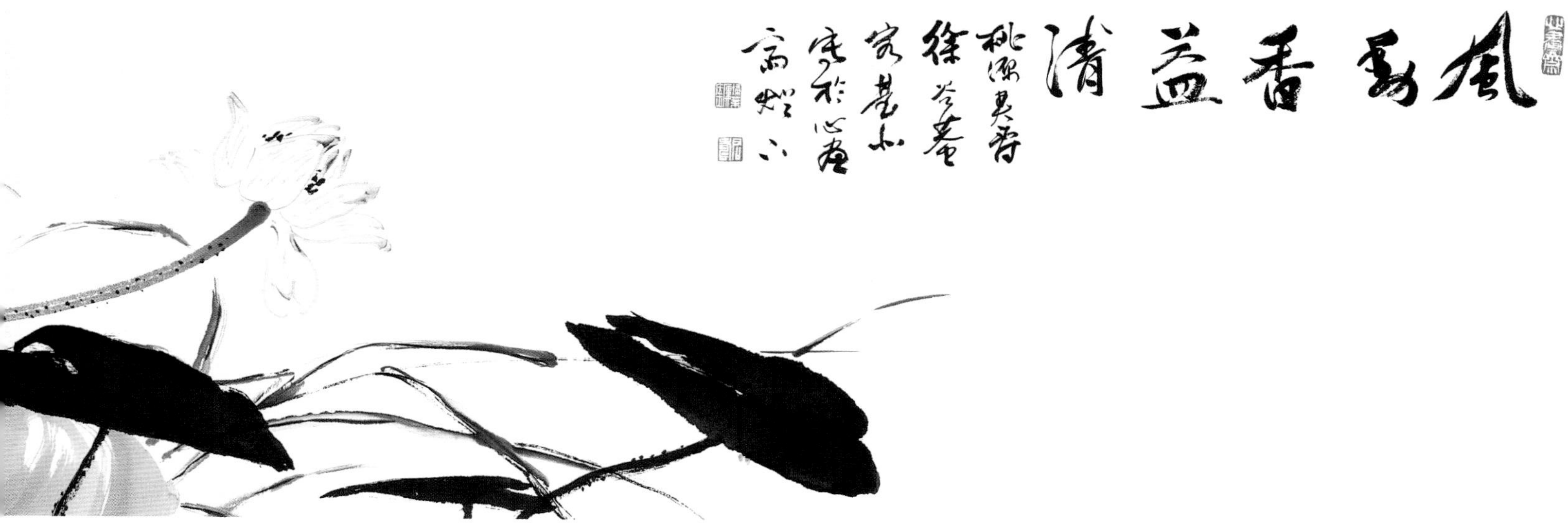

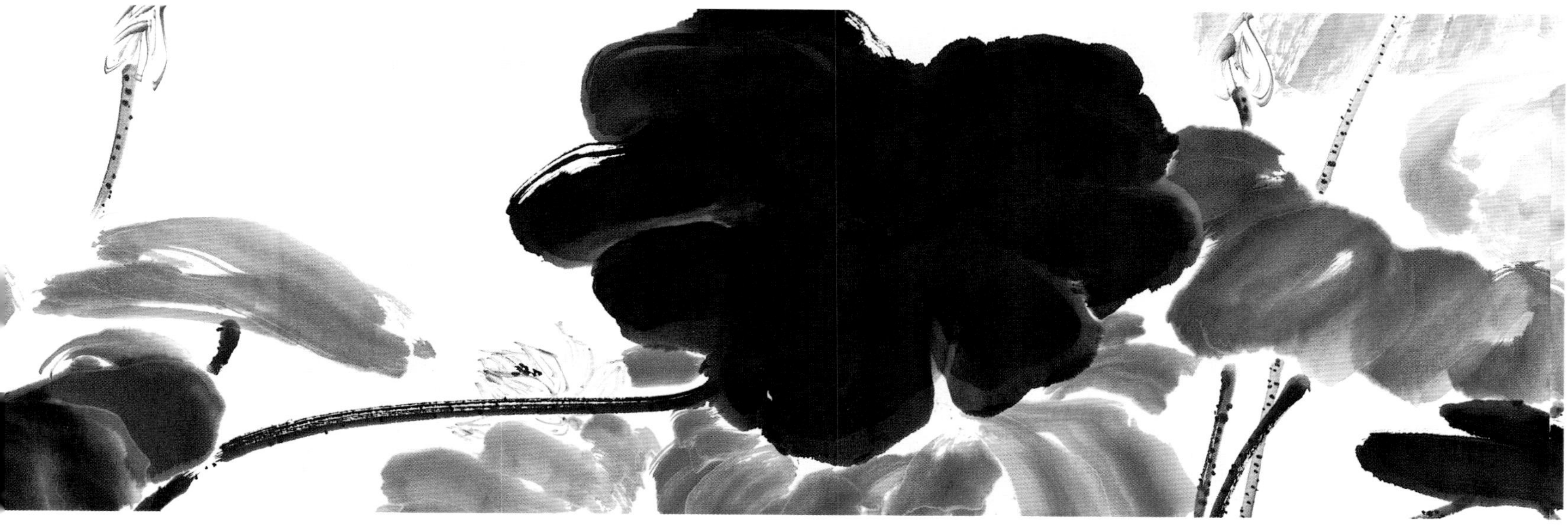

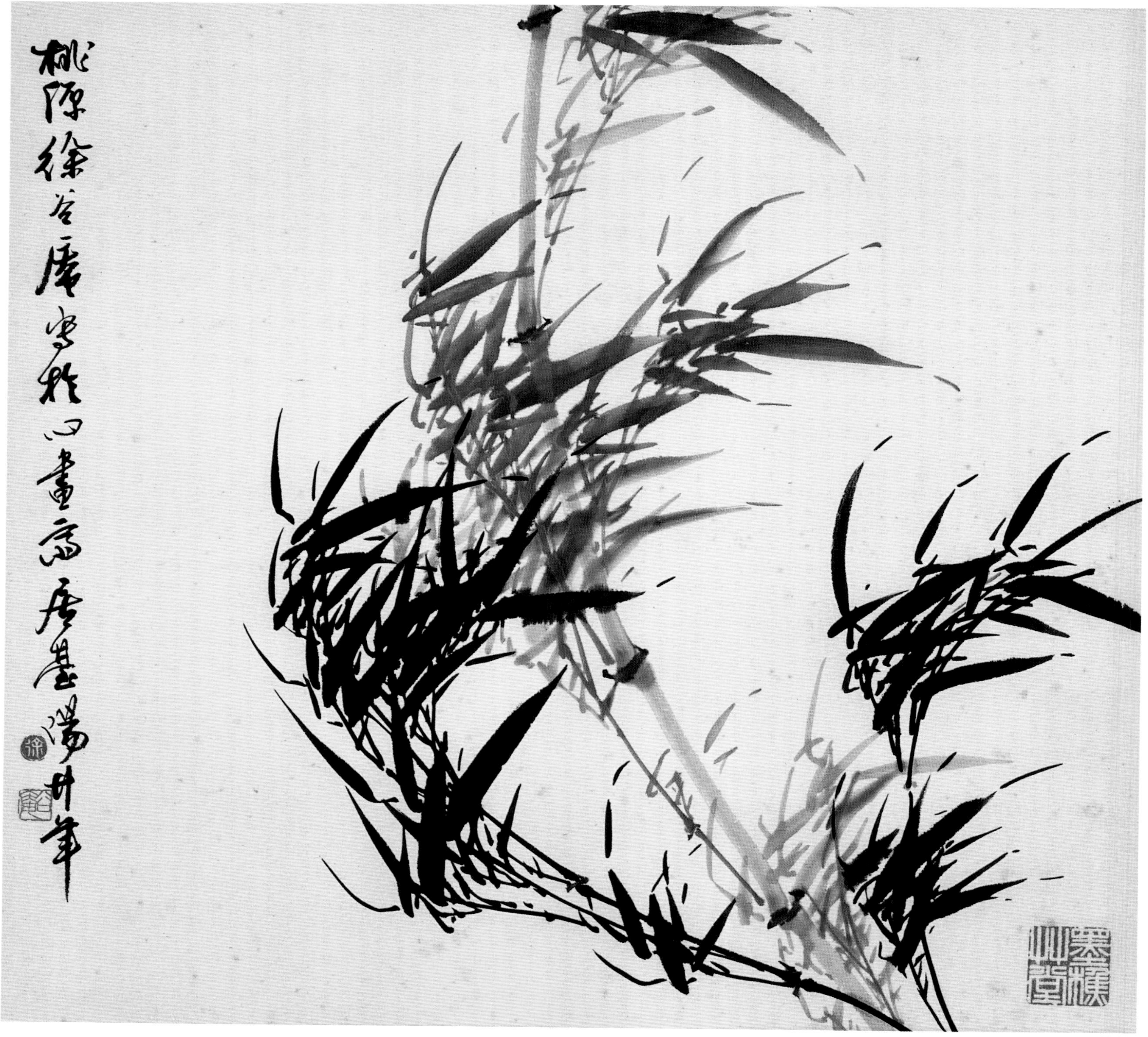

風竹　55cm×51cm

對唱　70cm×42cm

向日葵
92cm×34cm

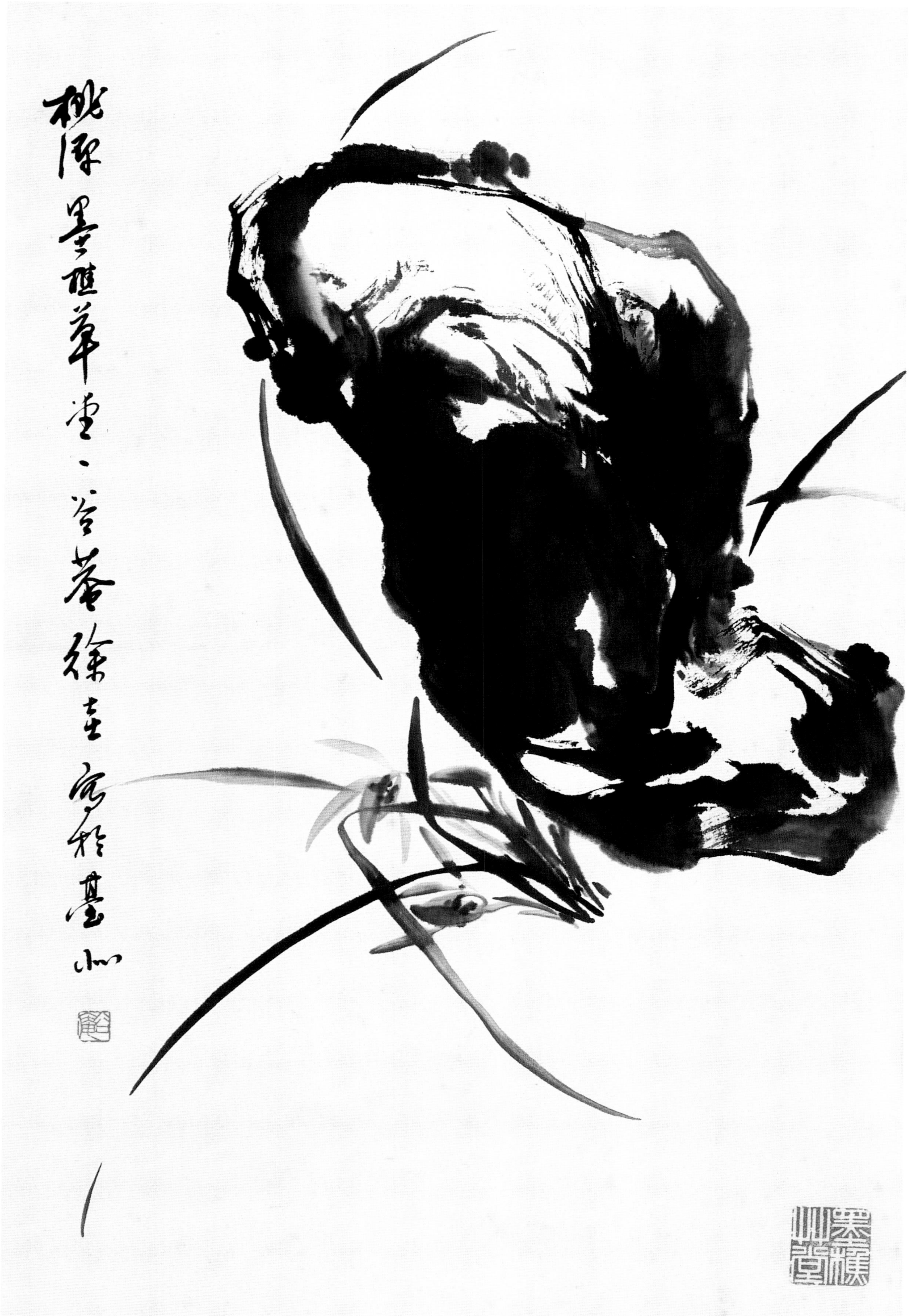

各表姿態　68cm×45cm

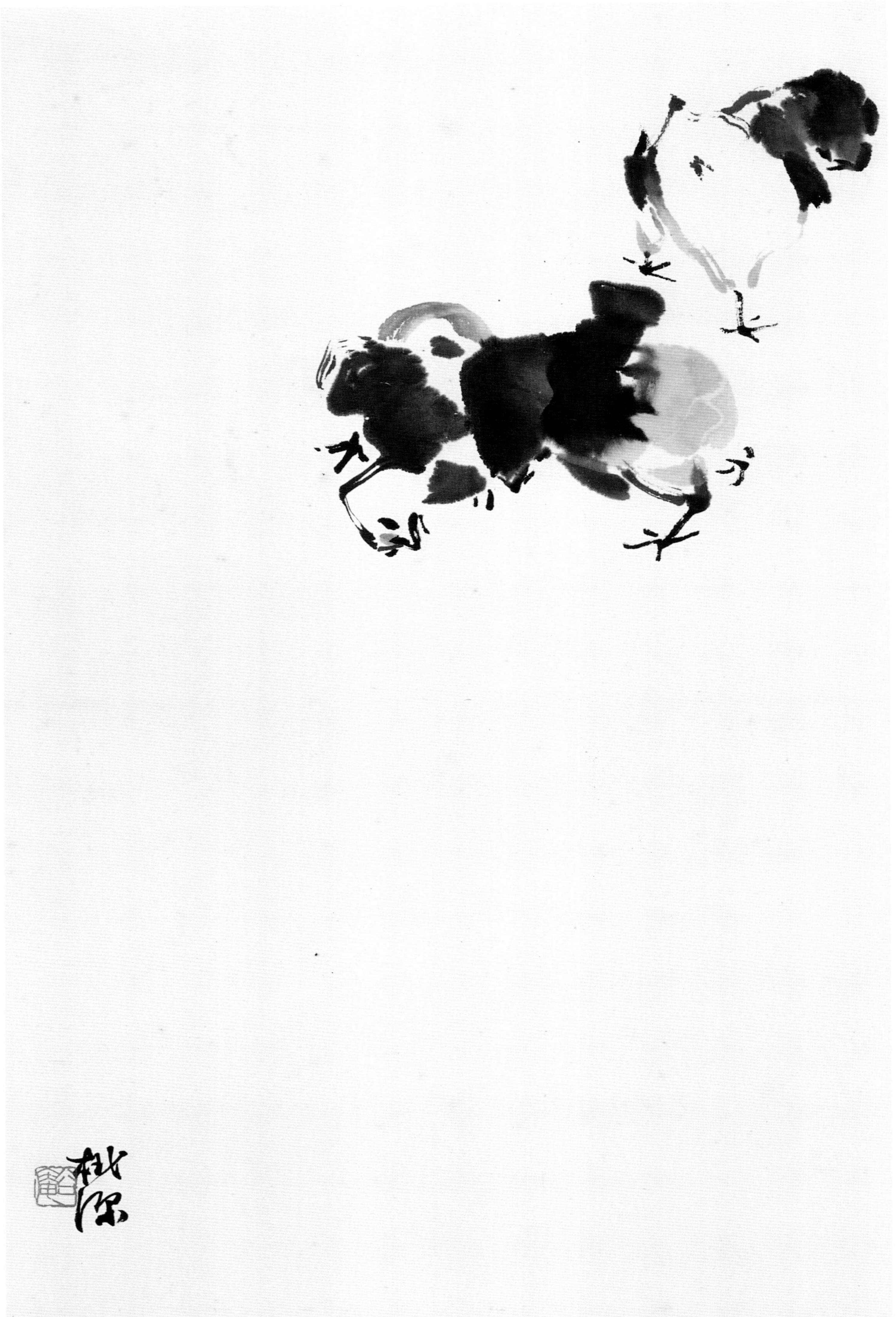

融融　55cm×349cm

親子樂

103cm×35cm

自壽

100cm×34cm

貓與蝶

86cm×35cm

引蝶

99cm×35cm

慢賞

70cm×31cm

秋趣

93cm×26cm

雀躍　46cm×30cm

亮節　34cm×32cm

墨荷

136cm×69cm

園趣無窮　137cm×50cm

五月的風
139cm×50cm

一家親

136cm×55cm

藕花香氣過湖來
136cm×59cm

秋聲

136cm×54cm

疏影冷香　135cm×69cm

有餘　128cm×47cm

平安圖　138cm×42cm

平安圖

英雄多奮骨 美人丰姿
揮筆橫居士桃牋人張蓋菴
庚於蓋淨北郡湯園

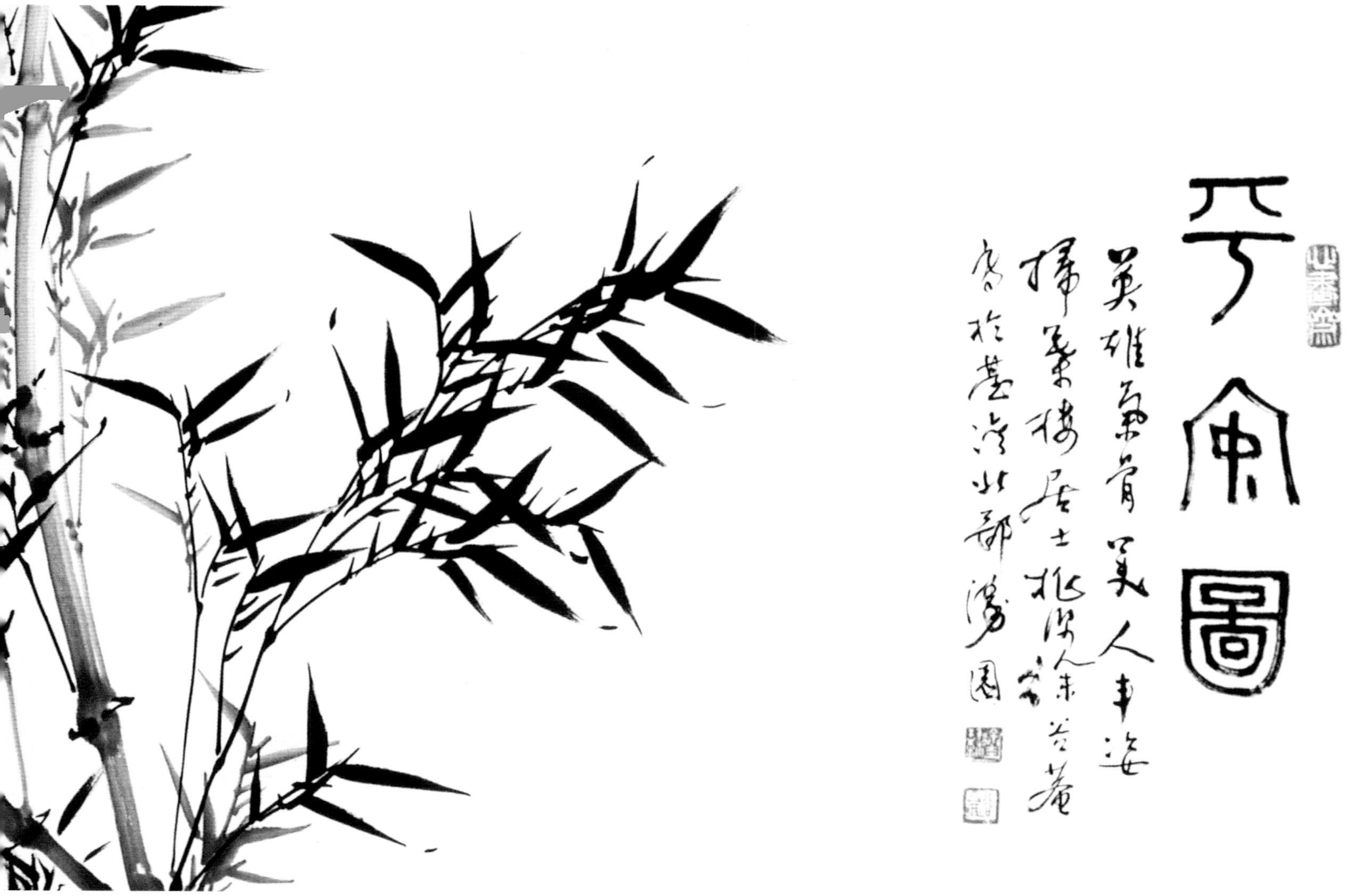

垂枝含蕊　114cm×60cm

玉潔冰清　138cm×42cm

東籬下　137cm×42cm

柳塘雙禽　45cm×64cm

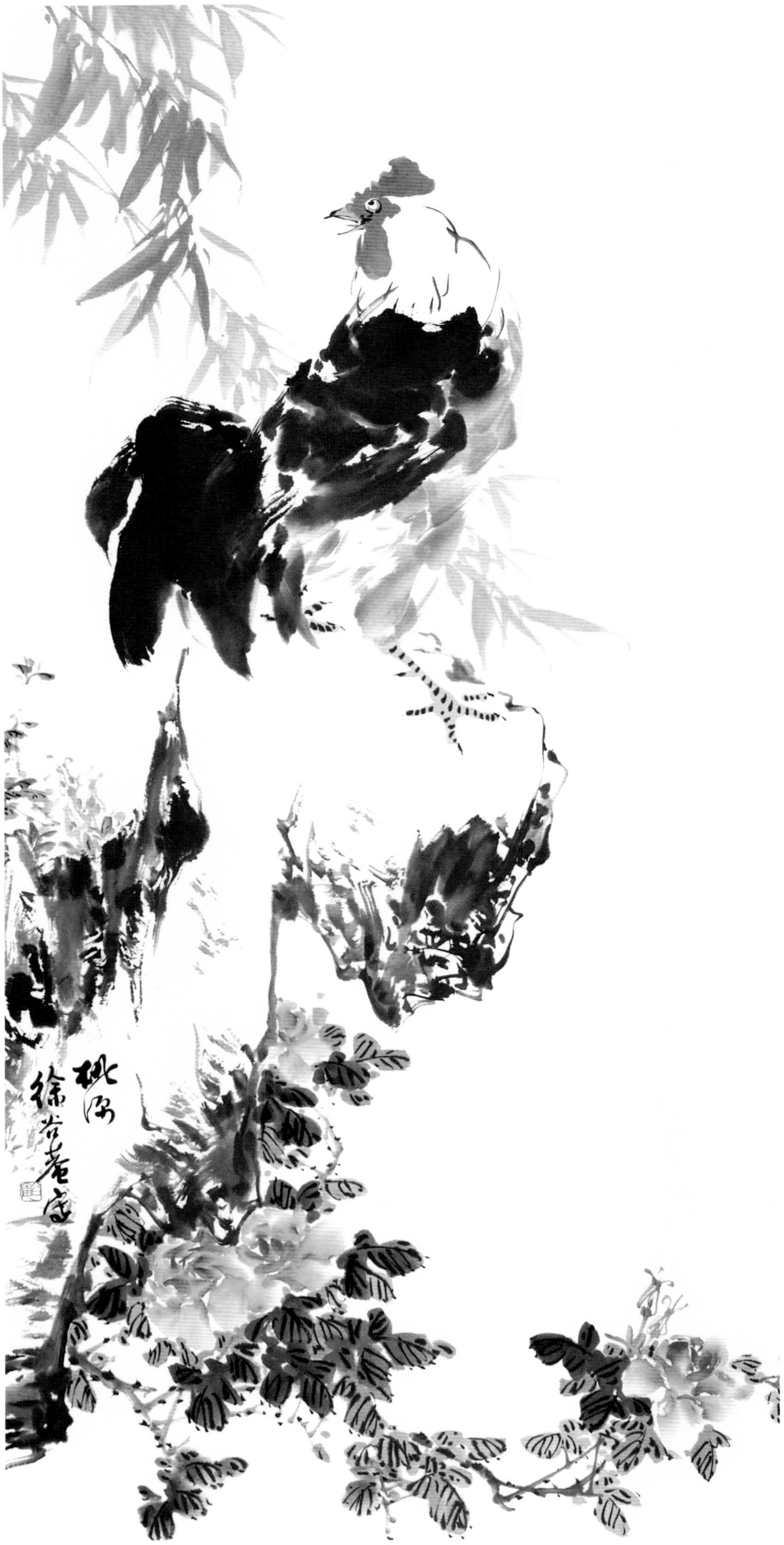

草莽雄姿

136cm×58cm

蔭下一喜

120cm×45cm

只見清氣一片　138cm×42cm

春之聲
136cm×45cm

沈醉西風　87cm×51cm

任重道遠
127cm×28cm

鐵骨春生
137cm×28cm

一樂也
102cm×22cm

鬧春
137cm×30cm

枝上逢春　102cm×22cm

紫藤家雀　87cm×24cm

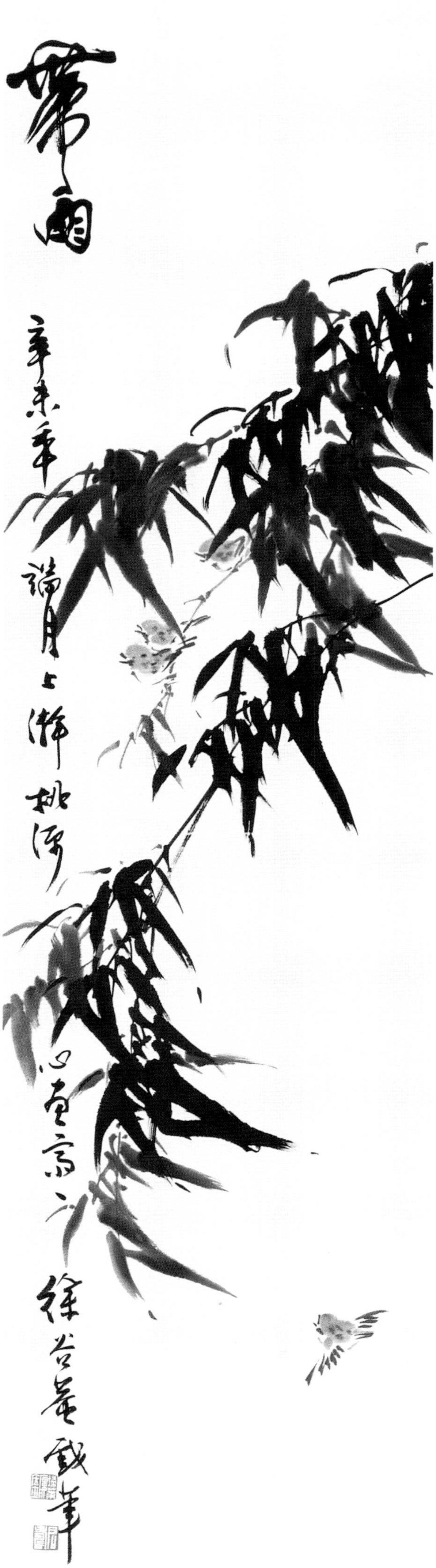

帶雨　136cm×34cm

美人蕉　136cm×35cm

歡趣　138cm×34cm

蕉下散步　136cm×35cm

荷塘清趣　138cm×34cm

哲思　99cm×24cm

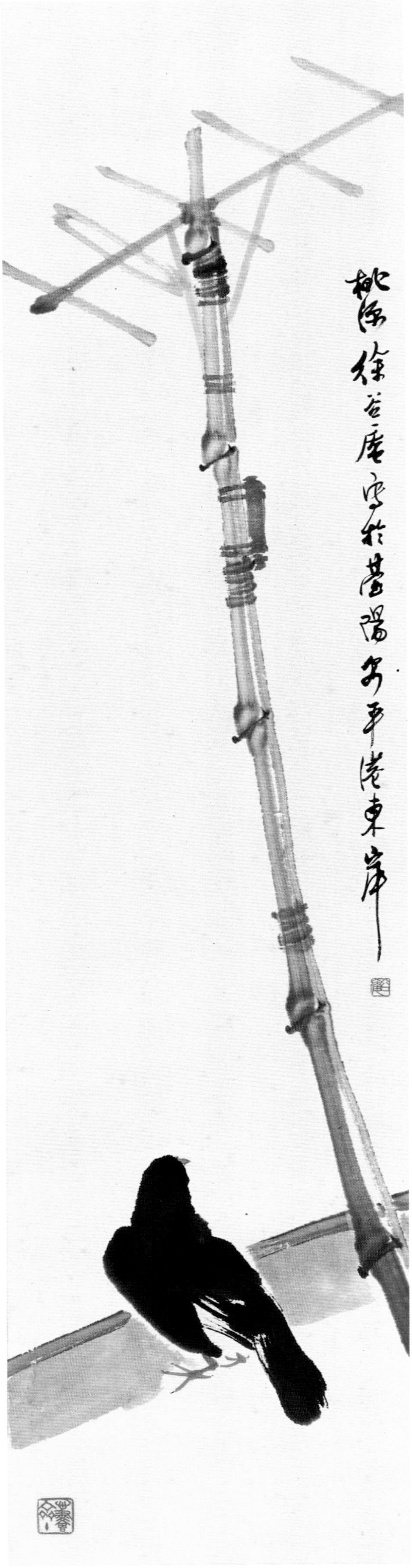

不出門知天下事　135cm×34cm

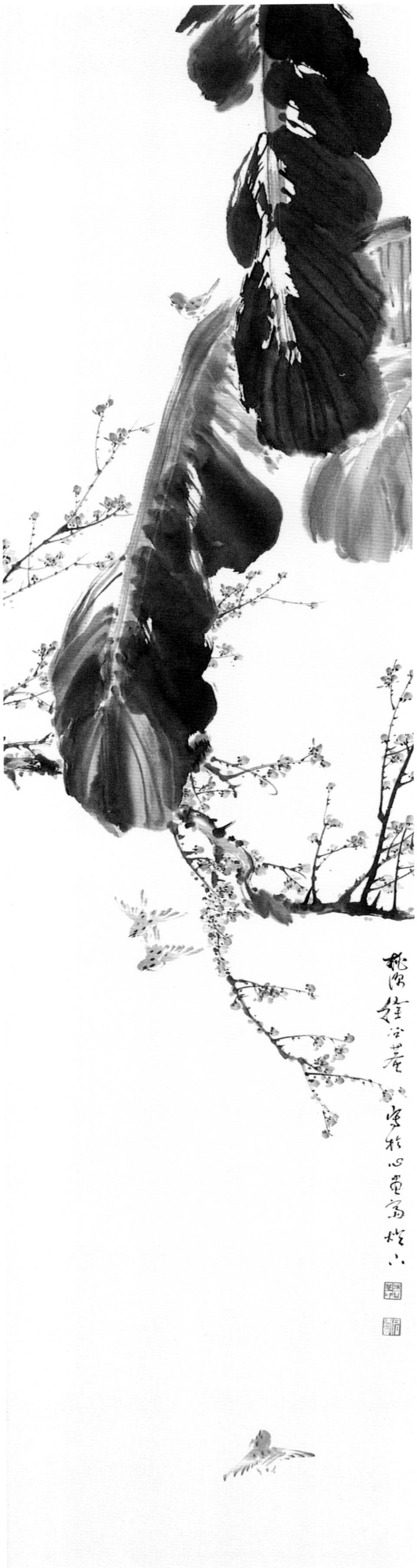

蕉蔭家雀　180cm×47cm

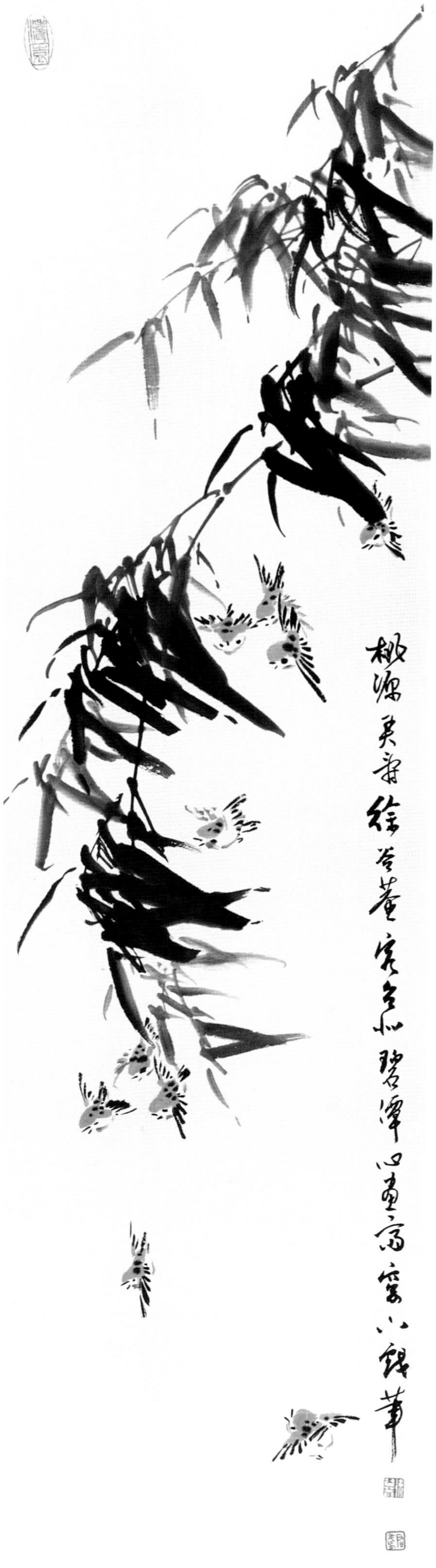

秋風　134cm×31cm

湖江秋思　137cm×34cm

三徑秋色
138cm×23cm

出頭天
137cm×23cm

園趣

128cm×23cm

舞

138cm×21cm

歲月靜好

66cm×39cm

蟲鳥瓜下會　34cm×32cm

柳雀　34cm×32cm

石上趣　34cm×32cm

雙清　34cm×32cm

白頭玉柿　34cm×32cm

籬邊春色　70cm×68cm

初秋　70cm×53cm

招展　63cm×57cm

閒話　44cm×31cm

臘梅雀　34cm×32cm

喜上梅梢　46cm×65cm

安然　77cm×69cm

殘荷　63cm×59cm

紅腹雀　45cm×59cm

憩　45cm×65cm

花映容　45cm×65cm

白頭紅顏　45cm×65cm

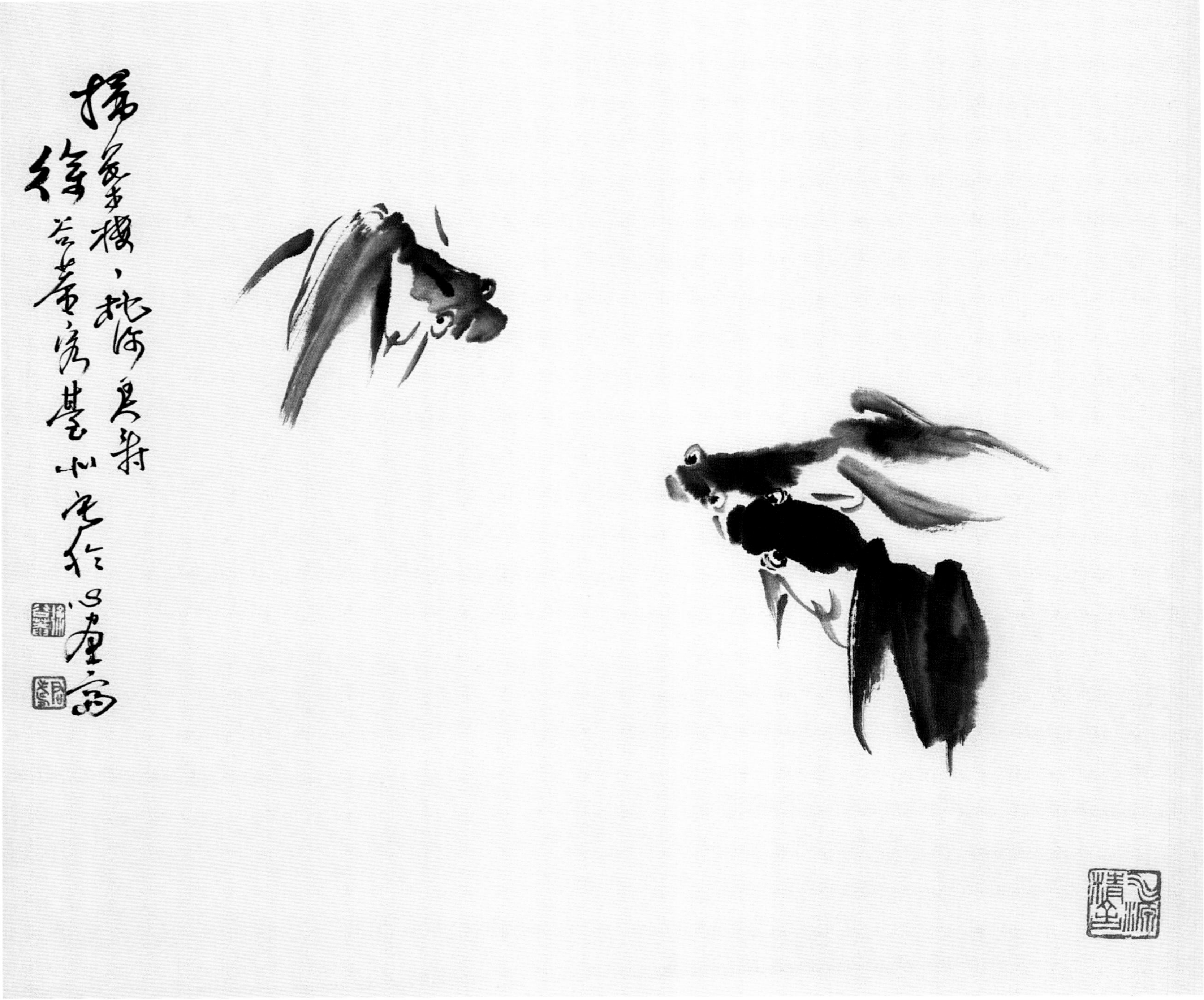

有餘　45cm×52cm

望雲　34cm×32cm

生生不息　69cm×90cm

雪中艷　68cm×59cm

慶有餘　52cm×45cm

長壽　55cm×44cm

清香　49cm×43cm

湖上之聲　47cm×42cm

香清色正枝如鐵　136cm×69cm

國色　34cm×32cm

春燕嬉花間　40cm×40cm

問柳　40cm×40cm

送香引蝶　40cm×40cm

天香　44cm×44cm

山水·其他

潑墨山水　89cm×48cm

世外桃源　136cm×69cm

秋日夕陽　91cm×51cm

雨後黄山一片清　38cm×41cm

憶黄山　46cm×42cm

風雨
69cm×31cm

鹿鳴春

102cm×34cm

遠行
85cm×34cm

潮去　61cm×62cm

不見廬山真面目　68cm×70cm

煙雨江南　80cm×61cm

兩把刷子 70cm×45cm

平安

65cm×32cm

鼠來寶　50cm×34cm

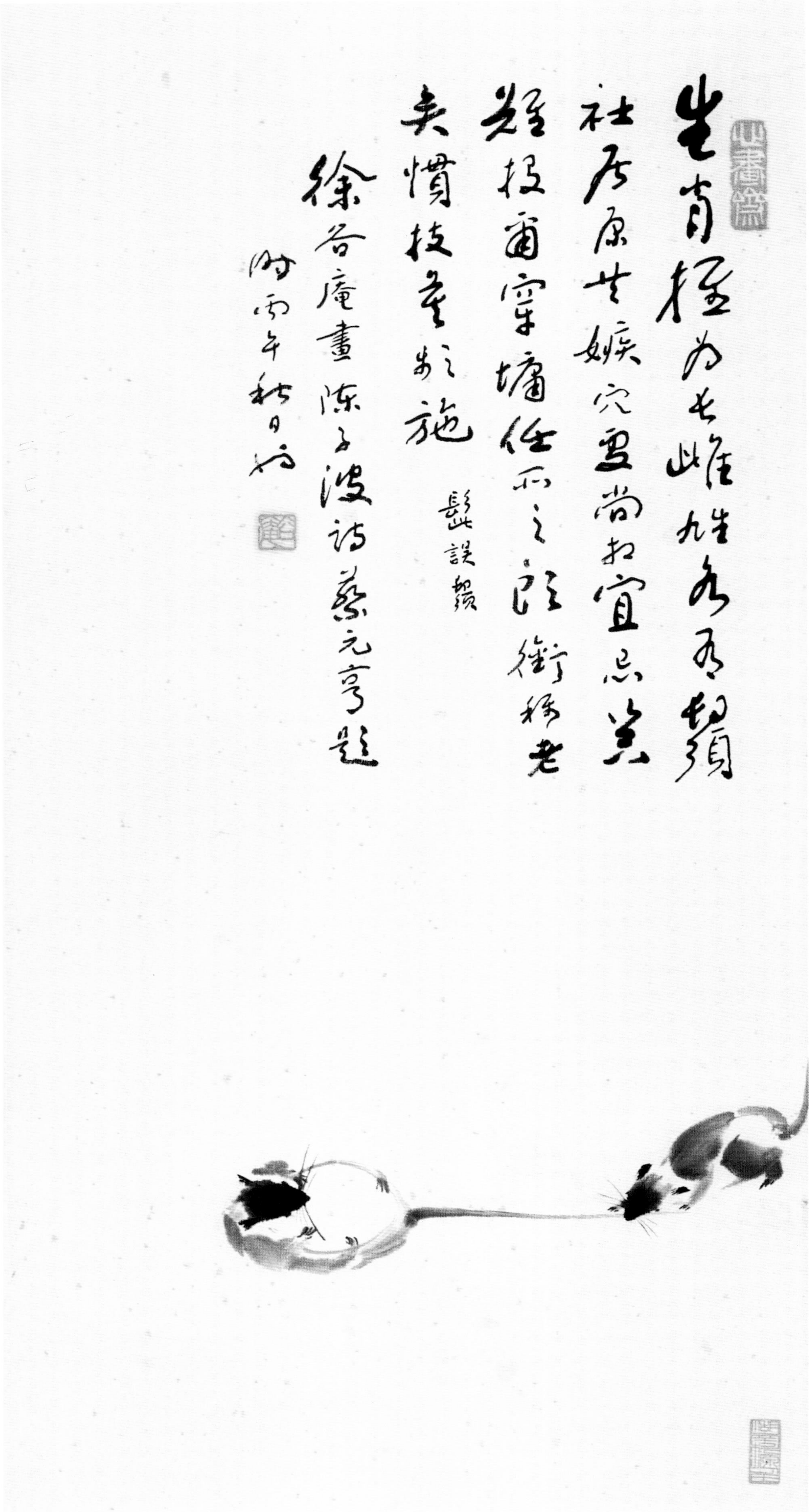

偷蛋

68cm×34cm

戲筆　51cm×36cm

欲識芳容偽驛使，那知終竟不回頭

60cm×46cm

牧歸　70cm×45cm

討涼

136cm×36cm

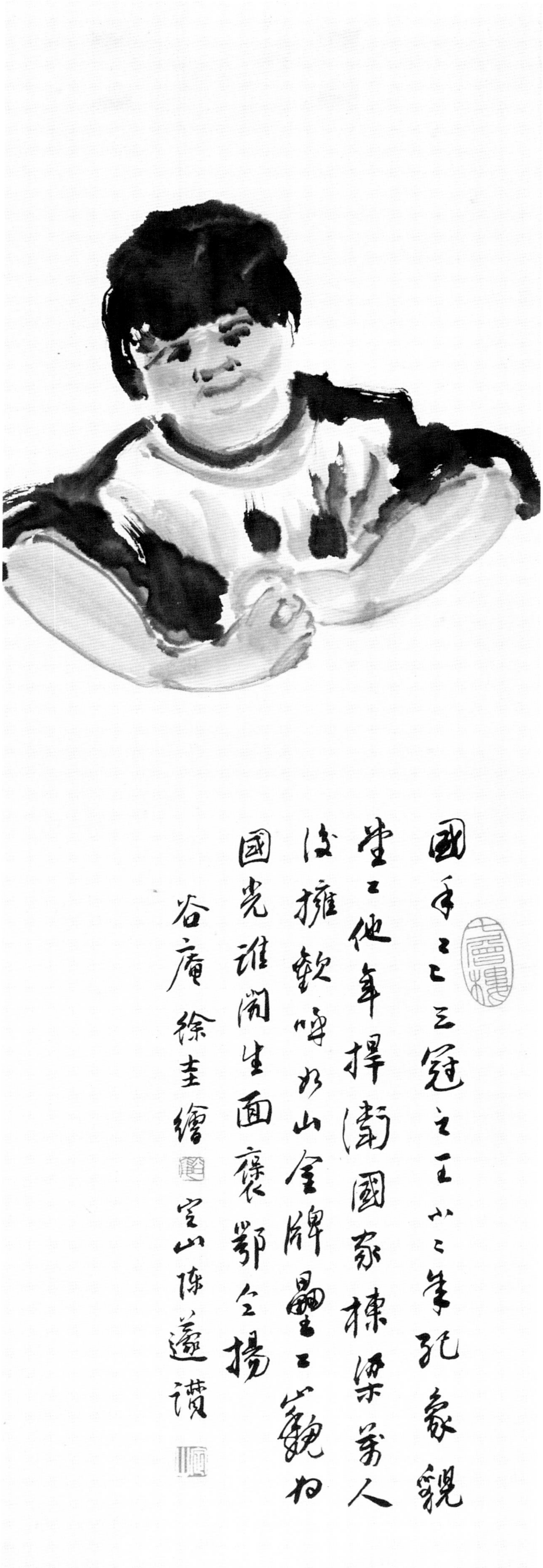

小國手

102cm×34cm

阿婆進香去　92cm×51cm

扇面

聊贈一枝春
65cm×26cm

一香已立壓千紅
65cm×26cm

葫蘆 65cm×26cm

寻芳
65cm×26cm

高節虛心
65cm×26cm

鬥艷 65cm×26cm

白牡丹
65cm×26cm

瀟湘風雨
65cm×26cm

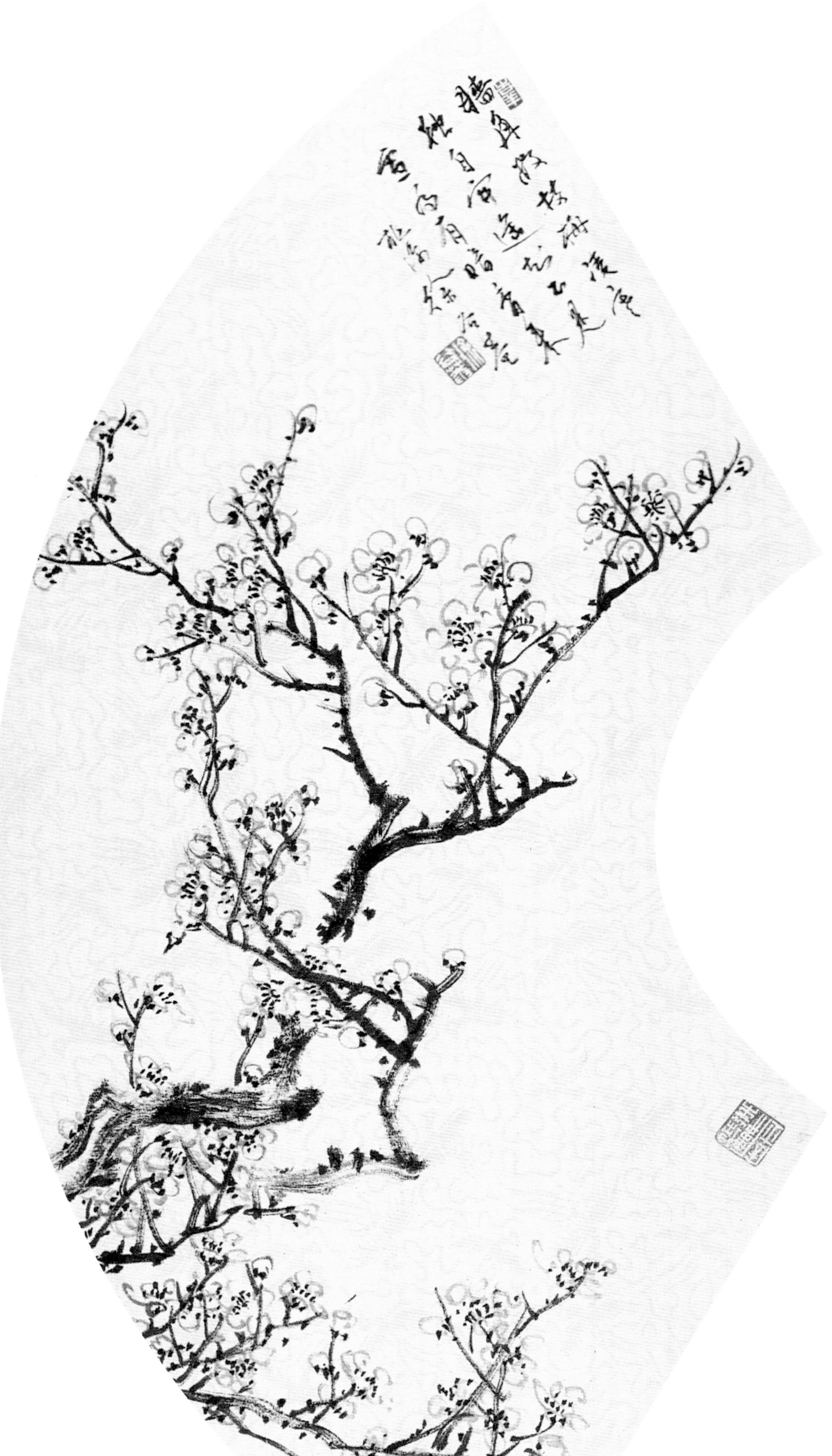

梅花小壽一千年
65cm×26cm

沉醉倚西風
65cm×26cm

幽谷之姿
65cm×26cm

虛心踏實
65cm×26cm

虛心可師
65cm×26cm

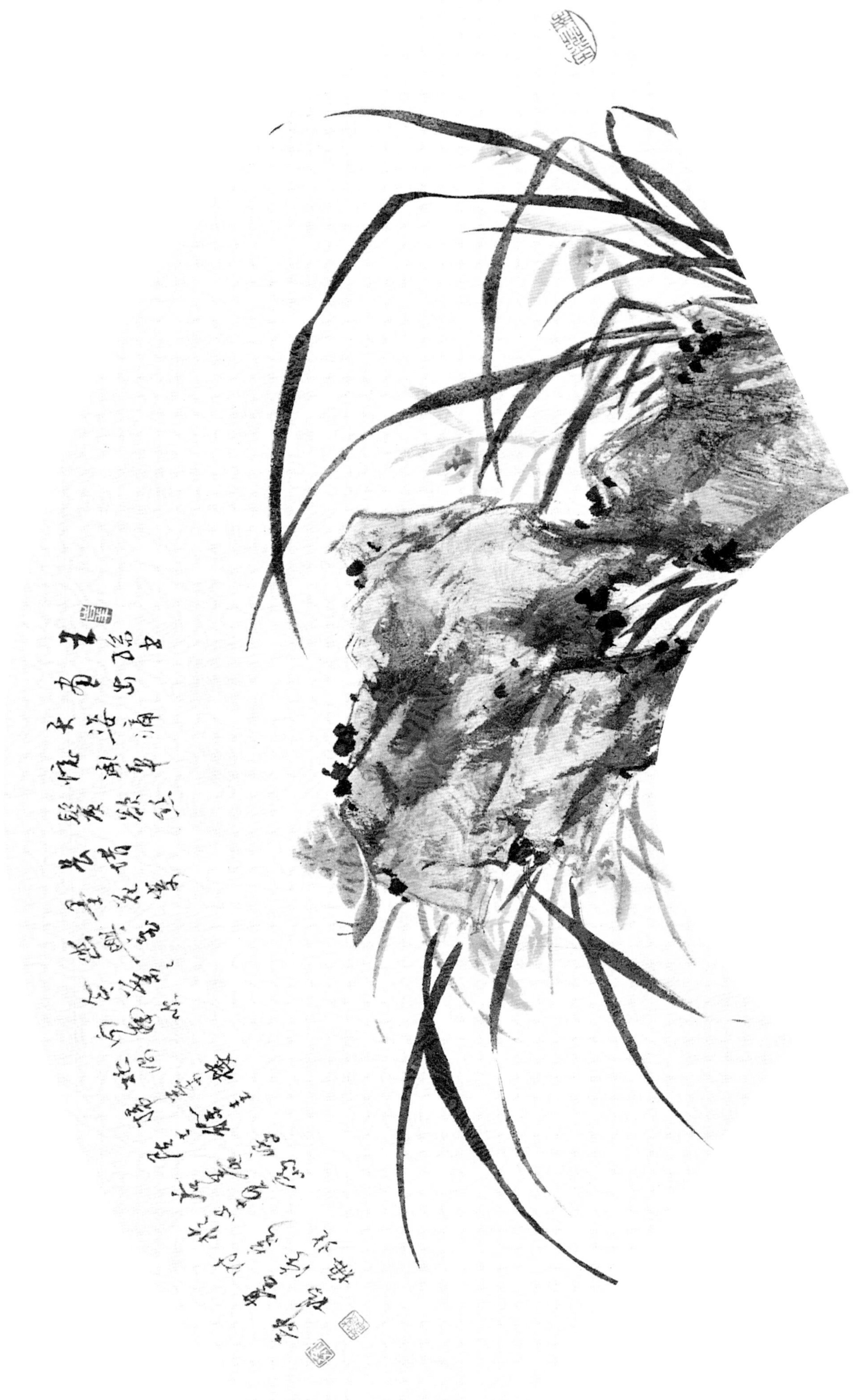

如蘭斯馨
65cm×26cm

四季平安
52cm×20cm

金菊 52cm×20cm

妍色 52cm×20cm

懷鄉

52cm×20cm

清麗
52cm×20cm

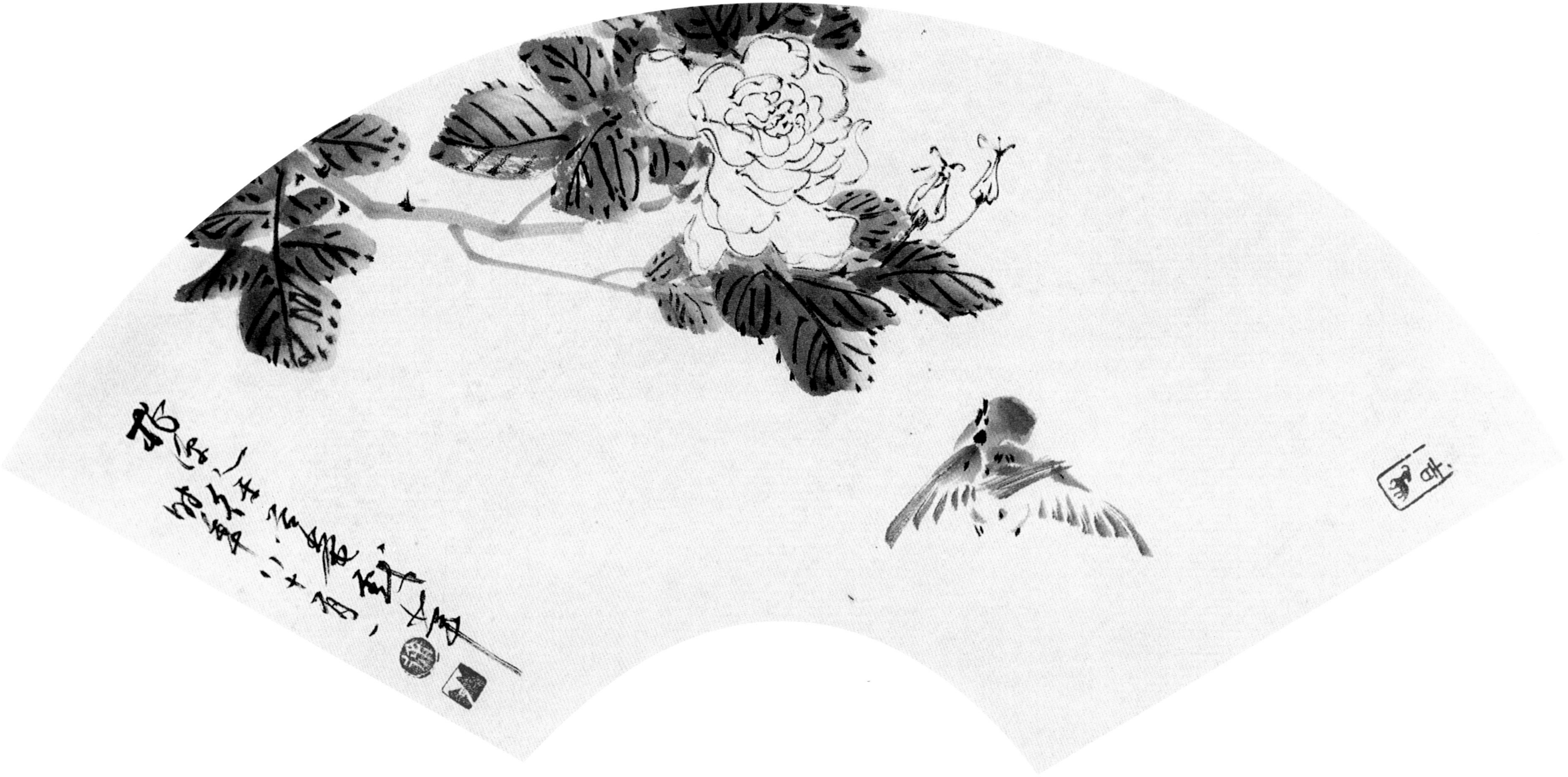

對語

52cm×20cm

秋聲
52cm×20cm

無愧我心
136cm×69cm

書　法

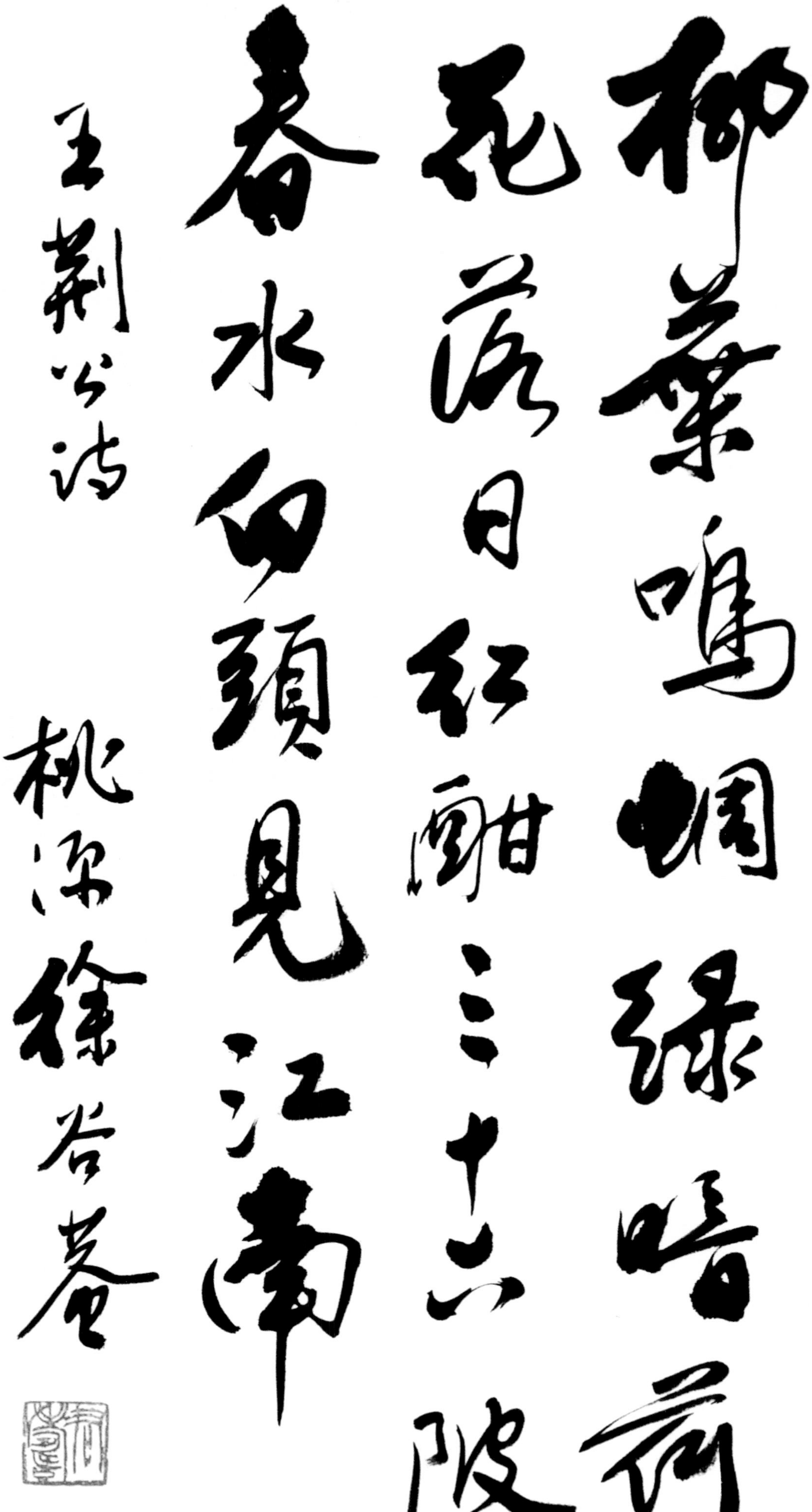

王荊公詩　109cm×19cm

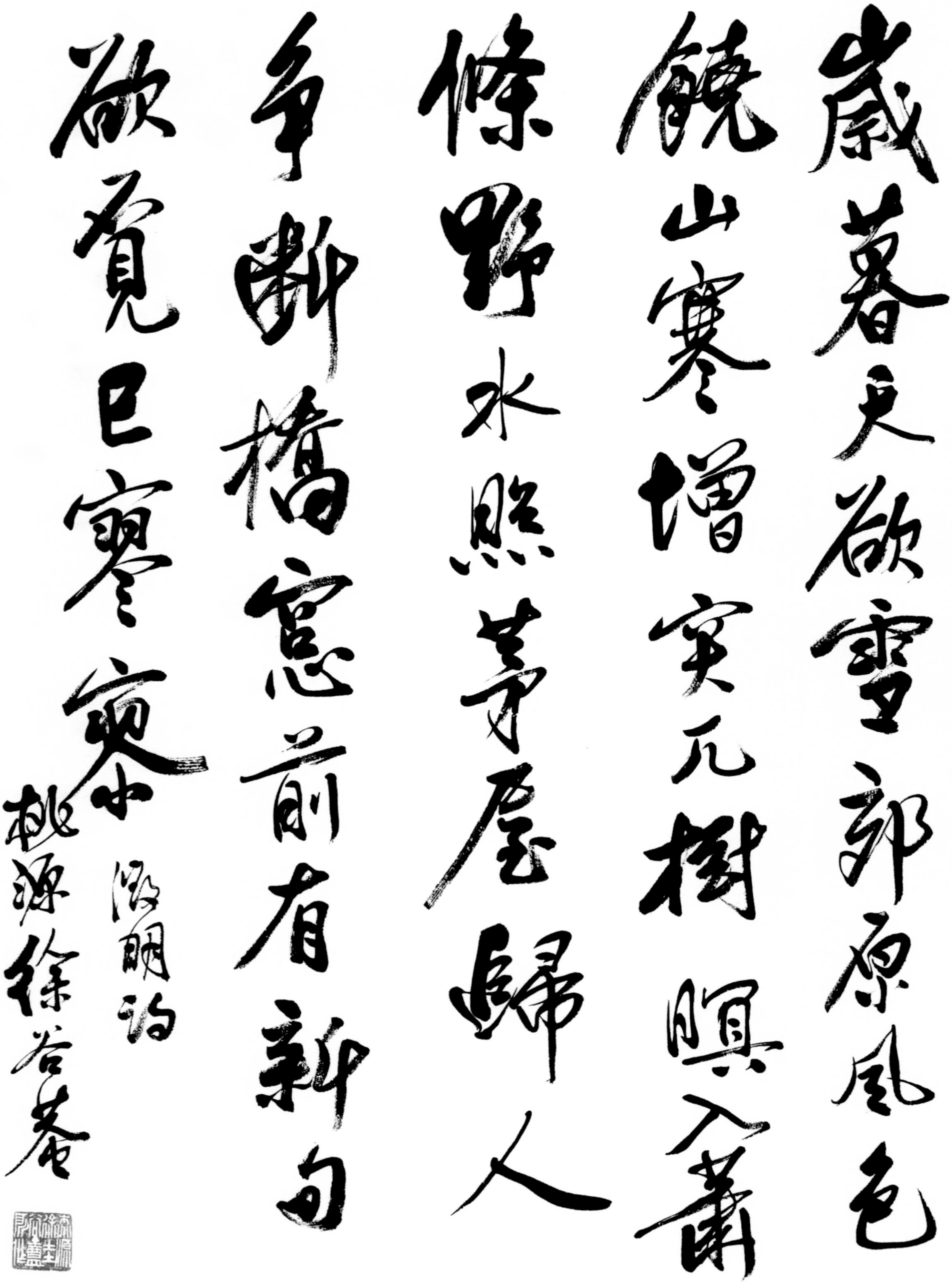

文徵明詩　70cm×34cm

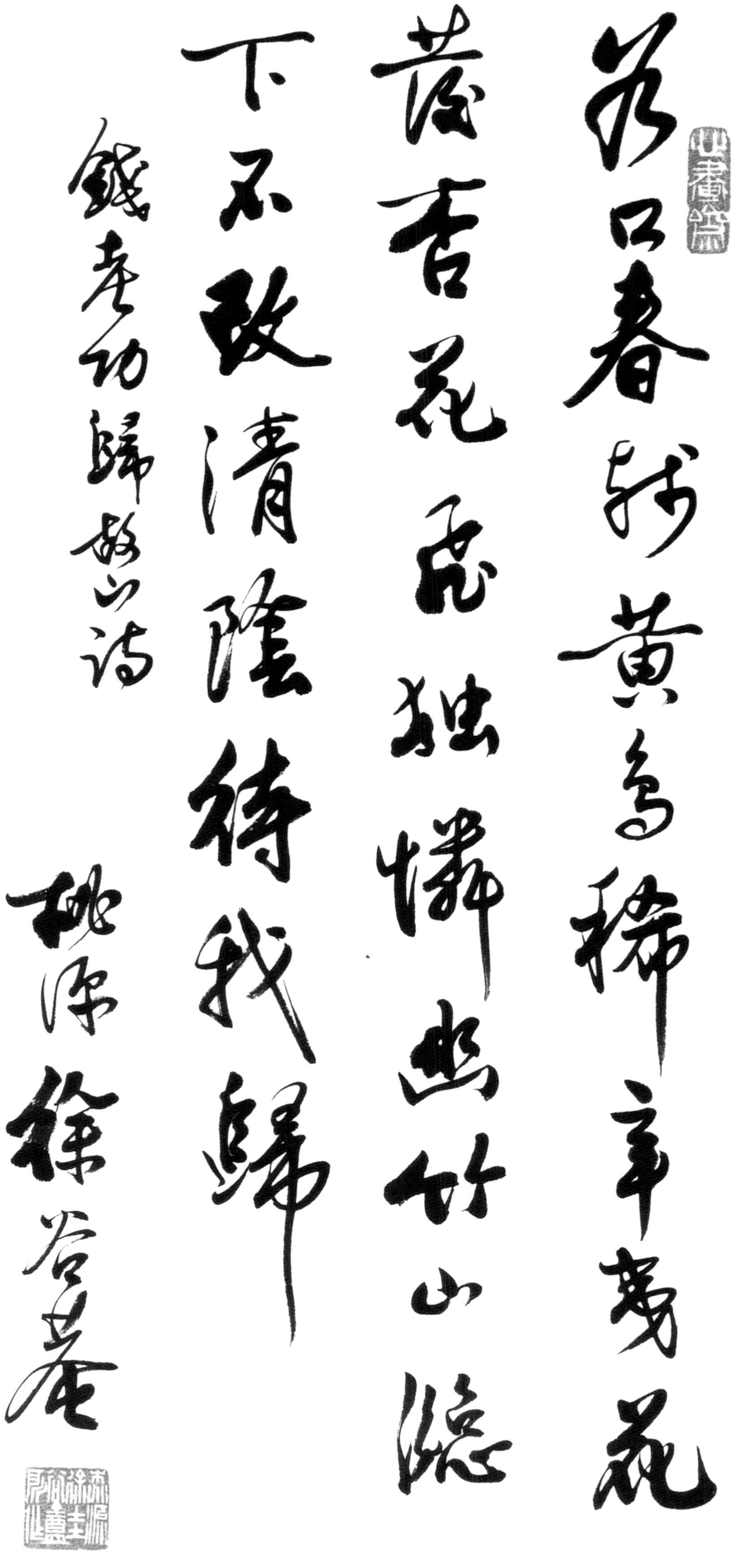
谷口春殘黃鳥稀辛夷花
落杏花飛獨憐幽竹山窗
下不改清陰待我歸
錢考功歸故山詩
桃源徐谷菴

錢考公歸隱詩
69cm×33cm

長卷書法　540cm×34cm

論畫

考工記曰設色之工謂之畫古之畫者工所為也
周官保氏六書象形則近於畫是與書異名而同
周禮張彥遠名畫記曰夫畫者成教化助人倫
窮神變測幽微與六籍同功四時並運畫豈
細事也哉在於傳神寫其神在寫其意在象
外不恃(?)俗(?)精筆鋒有起伏變化之妙者不足
以寫之畫有神品妙品能品無寫意者非
難事簡易也凡神全氣足皆謂之寫意古
者無舊本傳摹依物寫形乃得其神理後
人誇摹前賢形留而神去後人因物寫形遂不
及古者皆不精於法不求筆勢必不悟其本而捨
其末也畫重氣韻氣韻者畫外之事也畫
外之事必事理禮記曰學以聚之問以辨之聚
則博識問則明理必詩志以養氣博文以明理襟
懷高而氣韻自生非筆墨之事也

圖畫者後覺傳神於寫意能縱逸畫風作戲懸(?)
崖岸攢簇來神於寫形
今畫不及古紙亦不及古古紙用藤用楮或用麻
布淡彩龍(?)麗有出剡谿藤文古紙堅韌光淨元時始
有生紙稍粗澀黃錫山推畫山水作解索皴
皴皆用枯筆點成謂之渴筆畫用紙而變也後
用竹筆作紙宣紙綿連紙雖光淨亦難作畫
畫雲水草書法筆須圓渾而無稜角畫山
坡山腳須筆直以財而進退不可紙節(?)
花鳥藏鋒與出鋒葉用如鳥之喙鄉花之枝
針藏鋒鳥之爪翼花之葉辨出鋒
畫梅祇寫數枝取得其神而已其玉樹千條瑤華
亂惡別矜也林處士之疏影橫斜易寫東坡之
回首驚千尺難工也梅枝堅直宜全用藏鋒長
枝枝梗杜之處新條也許傲縱枝欲攢別翻皮出
新枝也雖放長條不宜出鋒點苔若點蕊
雖極寫意亦不失其真形折枝葉中鋒筆[illegible]

墨畫筆工妙者皴有法渲染得宜無事丹
青歲久易變藤黃鉛粉尤易敗色宋人知此理
惟畫墨筆少加藍赭南宋而下不假鉛華
素飾瑤姿無煩丹碧近俗者知也
畫有皴之而渲染謂之無墨但有渲染而無皴
皴謂之無筆與其無筆寧可無墨故筆
妙者起伏輕重之分明晦梢加渲染足矣(?)
焦渲染始明晦遠近者筆法難求工也
點苔之法因山而施土多石少之山則苔多土少[illegible]
石多之山則苔少純石無土之山則無苔如北宗[illegible]
劈石法只點少苔而坡岸之間始苔草叢(?)
發唐解元此寫南古山法從之無苔純石之也
畫山水花鳥如寫在畫外心悟神契體物察微
如能其境填思明辨必期一樹一石無違於理蓋
千回思則得之
書斷曰陳閎畫馬帶過一時明皇令韓幹師
之曰臣自有師今陛下廄馬皆臣師也列朝諸[illegible]

花開花落春常在
雲去雲來山更幽
136cm×43cm

風雨一杯酒
江山萬里心
135cm×35cm

隔窗雲霧生衣上
捲幔山泉入鏡中
135cm×35cm

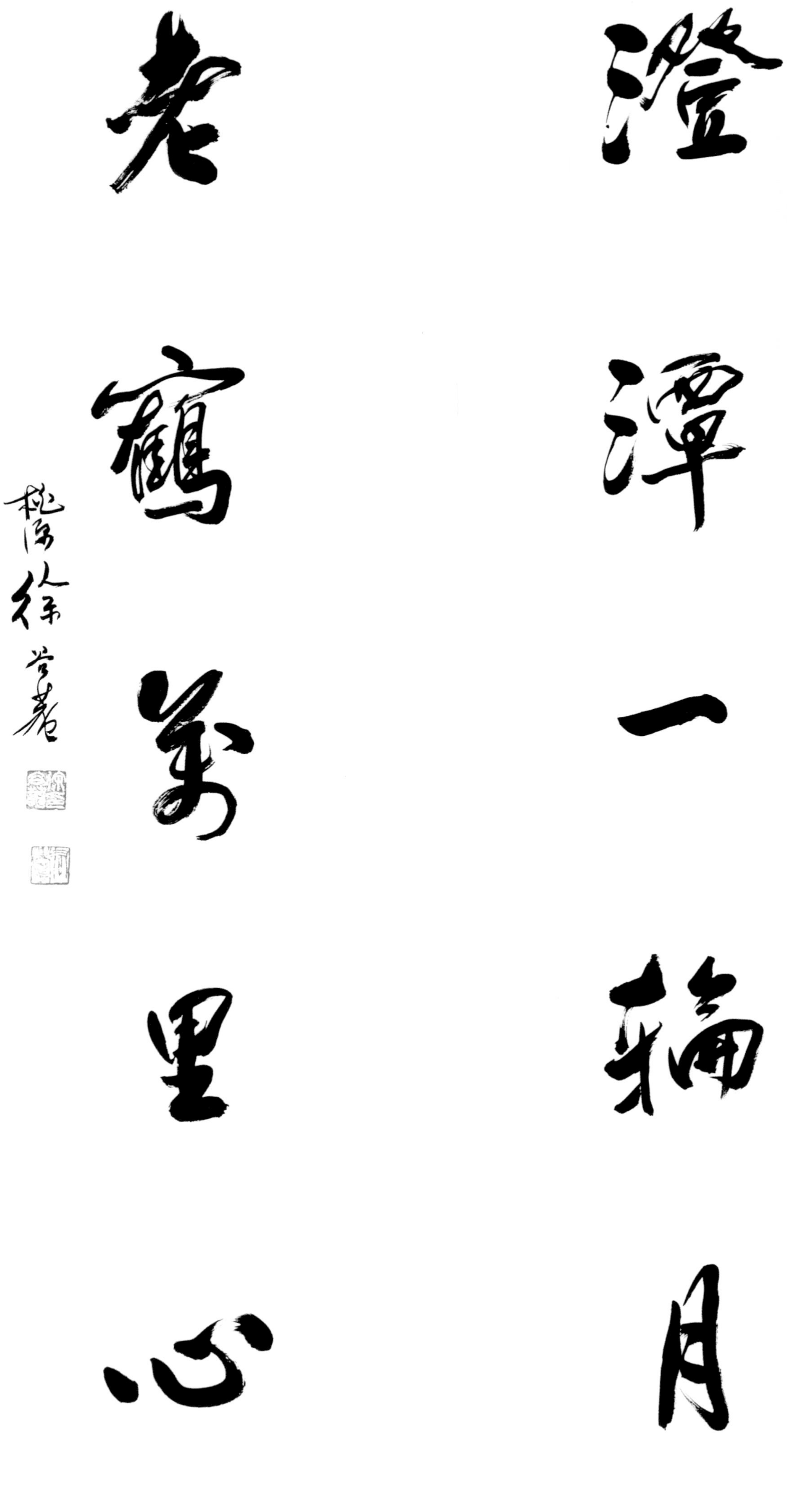

澄潭一輪月
老鶴萬里心
135cm×35cm

清霜醉楓葉
澹月隱蘆花
135cm×35cm

風靜雲歸早
山高月上遲
135cm×35cm

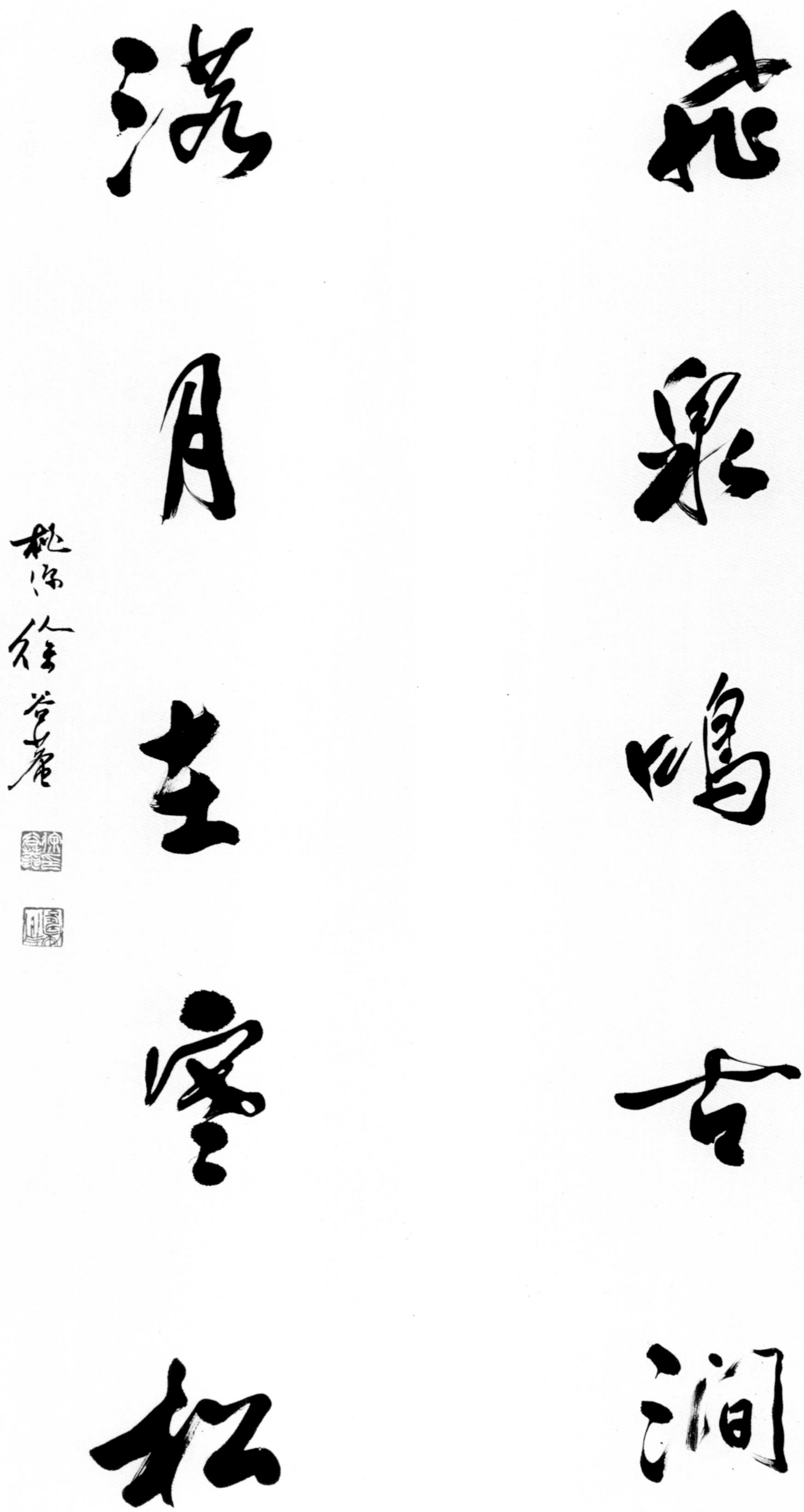

飛泉鳴古澗
落月在寒松
135cm×35cm

煙波跌宕紅塵外
風月縱橫玉笛中
135cm×35cm

明月半窗影
清風三徑苔
135cm×35cm

李白清平調
135cm×16 cm

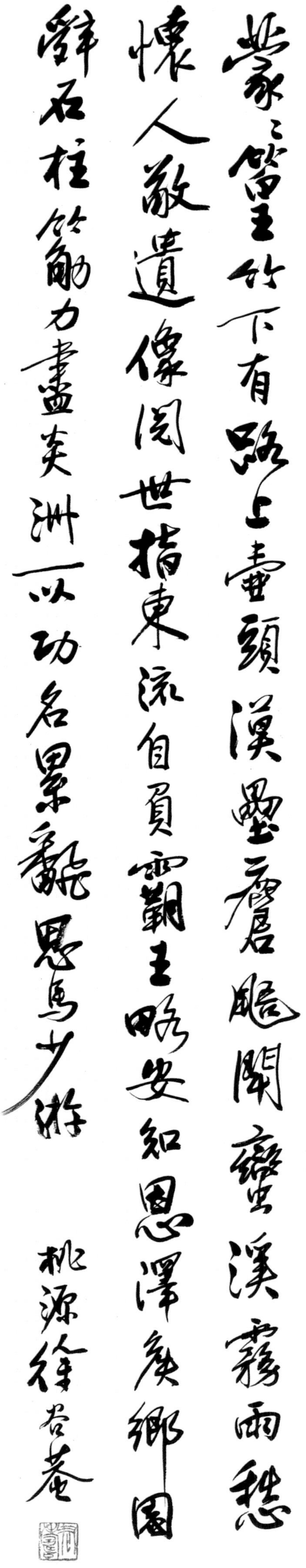

黃山谷經伏波神詞
135cm×21cm

七言古詩
（作者不詳）
135cm×16cm

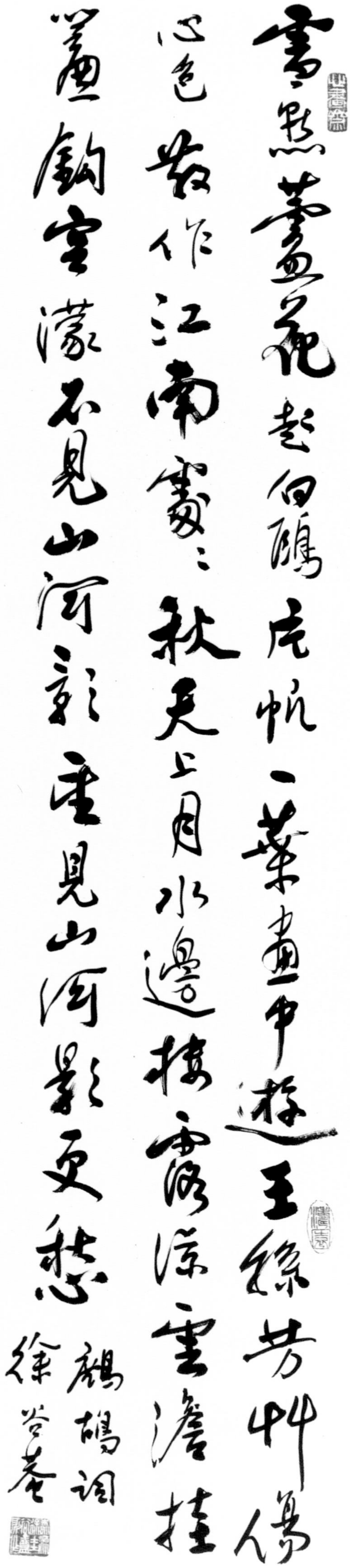

右瑞鷓鴣詞
135cm×21cm

常用印

藝涯留影

羅德星刻

羅德星刻

吳平刻

吳平刻

陶壽伯刻

丘敬方刻

陳正雄刻

陳正隆刻

陳正隆刻

吳平刻

吳平刻

張直庵刻

陶壽伯刻

張直刻

陳正隆刻

陳正隆刻

祝祥刻

陶壽伯刻

任敬之刻

陶壽伯刻

任敬之刻

良師益友

在台灣五十多年來有緣與這些前輩們在各種藝文活動場所時見面留下珍貴的鏡頭。

與武昌藝專創辦人馬紹文大師合影

在故宮花園旁與秦孝儀院長合照

郎靜山大師（中）與小女于棠影展合影

右與趙松泉畫家謝宗安書法大師（中）合影

與王壯為大師參觀陳定山大師畫展時合影

傅狷夫大師合影

胡克敏大師合影

迎接劉海粟大師夫婦來台機場記者會

吳平大師合影

與畫家牟崇松先生(右)、文協理事長郭嗣汾先生(中)、畫家胡奇中合影

鄭月波教授合作畫留影

林玉山教授八十九歲畫展合影

布拉格古堡及皇宮

東柏林市與名詩人莫洛夫合影

杜思妥也夫斯基故居蘇聯藝文家

維多利（華沙）與莫洛夫（溯

東西歐洲

由莫斯科出發團員：

名作家

郭嗣汾、應未遲、韓濤
美洛夫、向明、丹扉
上官多、蓉子、張麟徵教授

外交官

丁慰遲、黃秀日等卅餘人。

札克雷布德軍二次大戰地下兵工廠

聖埃薩大教堂列寧格勒

文化東西歐訪問團全體照

坦會議地點

名樂家蕭邦故居（波蘭華沙）

與莫洛夫詩人合照於蘇聯詩人像前

蘇聯列寧格勤波羅海大港口

拉」號戰艦

莫斯科紅場

與洛夫於莫斯科廣場

夫人故居（波蘭華沙）

華沙美人魚像

捷克與詩人莫洛夫合影

圍牆部份

布拉格

布拉格皇宮

牙利與作家郭嗣汾（中）、詩人洛夫合影

南斯拉夫巴拉敦湖

匈牙利多腦河

東 西 歐 洲

威尼士街頭與郭嗣汾理事長合影

奧地利布列敦湖與莫洛夫夫、向明合影

瑞士

麗泉宮前與文建會主委申學庸、作家郭嗣汾合影

荷蘭與文協理事長郭嗣汾合影

奧地利布列敦湖

威尼斯小人國

羅馬鬥獸場

維也納市立公園

比薩斜塔

瑞士阿爾卑斯山

巴黎

黑

俄國莫斯科太空紀念館

列寧格勒青銅騎士

倫敦

英國倫敦

瑞士

阜斯山留影

德國科隆大教堂

德國海德堡

大陸各地寫生

華山第三次寫生

黃山寫生

黃山第二次寫生

張家界第一次寫生

樂山大佛寫生

三清山寫生

西藏西寧寫生

八十五年張家界寫生第三次

桂林寫生

九寨溝寫生

新疆天池寫生

年四川九寨溝寫生

山第二次寫生

三峽寫生

第二次張家界寫生

第一次寫生

壺口大瀑布寫生

德天瀑布寫生

張家界第三次寫生

居之安・游於藝

畫室休息

拉琴

吹笛

作畫

電視台訪問及揮毫示範作品

福壽農場我書（世外桃源）四字下面是內子三姐妹

70歲生日集會

家人

國畫學會畫展

這是好友及家人為老爹過生日集會

75歲生日學生畫友們集會

友身上穿的是我的作品

上課後

人們來展覽會留影

2003夏日參加總統府音樂晚會

友人

與學生們遊陽明山賞花

孫子翊豪

陸之大媳婦、孫子、孫媳及曾孫、曾孫女

遊埔里

西藏布達拉宮

小兒常順

94年夫婦登武夷山

2006年心畫齋同門聯誼畫會

五十年代全家與高雄學生合照於澄清湖畔

與屏東學生合照

心畫齋同門人畊耘畫會

心畫齋同門中國國畫學會

心畫齋
同門
集會留影

60年代藝教館學生集會照

年 表

徐谷庵年表

一九二六　丙寅　一歲
農曆四月十七日生於湖南省桃源縣明月鄉，原名國安字盛均。
父親徐才進母親劉氏，兄妹五人，排行第二。
一九三一　辛未　六歲
同時習書畫與國樂（笛、蕭、南胡）。
一九三四　甲戌　九歲
入慈利縣私立朱氏功九小學，後因戰亂中學時期讀了三所初高中（漁父、建國、妙高峰）。
一九四六　丙戌　二十一歲
考入南京美術專科學校。
一九四七　丁亥　二十二歲
與劉氏結婚。
一九四八　戊子　二十三歲
以第一名成績畢業於南京美術專科學校。
應邀於桃源縣、安鄉縣、澧縣三縣社教館舉行首次個人巡迴展。
一九四九　己丑　二十四歲
受聘於桃源縣中學任教。
暑假因時局動亂，投筆從戎，隨軍轉至北越。
長子景洪出生於湖南桃源縣。
一九五〇　庚寅　二十五歲
隨軍遷移越南富國島三年。
一九五一　辛卯　二十六歲
八月得悉母親病逝家鄉，享年五十一歲。
一九五三　癸巳　二十八歲
隨軍接運來台，服務於高雄左營海軍總部擔任文宣工作。
一九五四　甲午　二十九歲
前往台北陽明山蕭齋拜訪藝文泰斗陳定山先生請教藝事並帶作品五件，先生看了作品讚賞有加，即席題詩詞寫序並贈墨寶多件不一而足，得如此推許賞識眞不容易，且替我改名「谷菴」爾後成爲一師一友。
一九五六　丙申　三十一歲
入選全國書畫展（綠上窗紗）教育部主辦。
一九五七　丁酉　三十二歲
第四屆全國美展入選作品「草莽英雄」、「南國風光」教育部主辦。
邀請政治作戰學校第六屆校慶美展作品「黃金時代」。
第四次個展（來台首次個展）高雄市新聞報社畫廊。
友聯畫會首展於台北市「中山堂畫廊」。
一九五八　戊戌　三十三歲
元月與鄭氏結婚於高雄市。十二月長女于棠（曼芳）出生左營。
一九六〇　庚子　三十五歲
十二月次女乙丹（曼雯）出生左營。
一九六二　壬寅　三十七歲
榮獲三軍文藝獎及康樂優秀人員表揚由高魁元上將頒獎於台北英雄館，國防部主辦。
次子家湘出生於左營。
一九六四　甲辰　三十九歲
第五次個展於台北市聯美畫廊。
應邀新文藝美術作品展於國立台灣藝術教育館，作品「風竹」全開，獲美國僑領高價收藏。
三子大鈞（家斌）出生左營。
一九六五　乙巳　四十 歲
二友聯展於高雄市新聞報社畫廊。（孫瑛）
一九六六　丙午　四十一歲
第六次個展於高雄縣立圖書館。
第七次個展於屏東縣立介壽圖書館。

南京美專畢業照

鄭梅女士

黃君璧大師參觀我畫展

入選第五屆全國美展作品「墨蕉」教育部主辦。
第八次個展於台南市省立社教館。
九友畫會聯展於台北國軍文藝中心。
創辦聯合畫院於高雄市前金區。
受聘於屏東縣立介壽圖書館國畫班任教。
一九六七　丁未　四十二歲
徐谷菴畫冊第一集由海光出版社編印出版。
一九六八　戊申　四十三歲
第九次個展於高雄新聞報社畫廊。
長孫建忠出生湖南桃源縣。
受聘省立高雄工專美術班任教。
一九六九　己酉　四十四歲
於海軍退役受聘高雄縣立社教館國畫班任教。
第十次個展於台北市中山堂承蒙司法院長馬壽華先生，中央廣播電台董事長梁寒操先生、名書法家藝文界大老張維翰、陳定山、王壯爲、姚夢谷、傅狷夫、胡克敏、高逸鴻、師大藝術系主任黃君璧等諸公蒞臨。黨國大老趙恆惕贈對聯「胸中有邱壑、腕底起雲煙」。
監察委員亦是名書畫家贈「藝壇強者」四字。
應邀高青美展名家組展出高雄市政府主辦。
入中國現代水墨畫會首展於台北市耕莘文教院由劉國松、孫瑛、姜一涵等人發起。
入中日美術會（日本）。
第十一次個展於高雄市新聞報社畫廊。
一九七〇　庚戌　四十五歲
受聘於屏東縣救國團國畫班任教。
入中國美術協會（台北市）。
受聘台灣水泥公司高雄總廠國畫班任教。
徐谷菴畫冊第二集出版，畫冊封面由黨國大老趙恆惕先生題字，陳定山先生贈詩「畫風饒二石、漫筆比齊吳、地美桃源縣、人誇城北徐、生機及花鳥、秋意入菏蕖、我欲題春水，江清不敢書」。
應邀第六屆亞細亞美展（東京）。
一九七一　辛亥　四十六歲
當選中國畫學會高雄區分會理事。
應邀爲中華聖母安養老人院義賣畫作兩件（台北市）。
榮獲全國美展第六屆國畫獎。
應邀高雄獅子會舉辦當代書畫名家展。
應邀全國第二屆書畫展於國家畫廊。
應省教育廳「中興畫廊」個展（台中市）。
省教育廳典藏「雞與鼠」作品乙幅。
應邀亞細亞第七屆美展（東京）。
受聘道明高中及立志高中任教（兼職）。
應邀建國六十年，美利堅合衆國一九五年國慶紀念中美兩國名家聯展於國家畫廊，印專輯乙冊。
高雄北上設置個人畫室於台北市通化街。
應邀嘉新水泥公司董事長張夫人個別授課。
次孫建華出生湖南桃源縣。
一九七二　壬子　四十七歲
應邀亞細亞第八屆美展（東京）。
中國美術協會籌募基金義賣會展作品兩幅於台北市。
應邀黎明文化中心主辦當代名家聯展（台北市）。
應邀美國加州大學主辦中國當代名家展（加州）。
應邀美國費城主辦中國當代名家展（費城）。
編入中國美術年鑑作品「綠雲」（英文中國郵報發行）。
一九七三　癸丑　四十八歲
僑委會舉辦越南西堤海南醫院籌建基金義賣作品兩件（西貢）。
應邀亞細亞第九屆美展（東京）。
應邀中國現代藝術作品展（巴黎）。
應邀讀友畫刊主辦當代名家書畫展（台北市）。

1976年第十三次個展於日本仙台三越畫廊

1977年我的畫室在台北市師大路
132號3樓

1978年於日本仙台三越畫廊舉辦第十五次個展

應邀當代名家展，國父紀念館主辦。
一九七四　甲寅　四十九歲
舉家遷居台北市內湖碧湖新村。
谷菴畫室遷移羅斯福路二段古亭商場對面。
應邀中國畫學會爲虞君質教授住院費用義賣作品展，參加有陳定山、黃君璧、張穀年、劉延濤、陳雋甫、吳泳香、姚夢谷、胡克敏、傅狷夫、高逸鴻、余偉、邵幼軒等名家展出。
應邀參加第七屆全國美展。
應邀夏威夷中華文化復興會主辦中國當代名家畫展。
第十二次個展於省立博物館承蒙師大美術系主任黃君璧教授蒞臨參觀，並訂「素富貴」、「墨荷」兩幅。
國父紀念館典藏「蕉雀」乙幅。
三月二三一期勝利之光專訪，刊物封底內外刊登作品「綠蔭下」、「鸞鷥」兩件巨幅。
受聘黎明美術班任教。
受聘交通部鐵路總局國畫班任教。
應邀總統蔣公華誕名家書畫展於國家畫廊。
應邀全國第四屆當代名家書畫展（國家畫廊）。
應邀二十世紀中國名家巡迴畫展，展出國家荷蘭、比利時、奧地利、瑞典、西班牙、羅馬、米蘭等。
一九七五　乙丑　五十 歲
應邀美國文化交流巡迴展。
應邀全國美術界追念蔣公總統逝世紀念展於國父紀念館中山畫廊。
應邀亞細亞第十一屆美展（東京）。
國立歷史博物館收藏「鷹」、「雞」、「八哥芭蕉」三幅。
一九七六　丙辰　五十一歲
應邀第五屆當代美術作品展（台北市）。
應邀全國第八屆美展（台北市）。
應邀中國當代名書畫家展於雅加達。
美國舊金山領事館收藏「紅梅」乙幅。
美國維吉利亞州華李大學杜拜美術館典藏巨幅「水墨鷹」。
政戰學校美術館收藏「枇杷雞」乙幅。
第十三次個展於日本仙台市三越百貨公司畫廊展出。
一九七七　丁巳　五十二歲
元月愛妻鄭氏病逝享年三十六歲。
應邀西德州立大學主辦中國名家畫展。
設畫室於台北市師大路水源精舍。
五月二十四日得知父親逝世於家鄉享年七四歲。
應邀入日本國藝會。
第十四次個展於黎明畫廊（台北市）。
一九七八　戊申　五十三歲
應編列入日本美術名典。
應邀蔣公總統逝世三週年紀念全國美術界紀念畫展，作品由中正紀念堂收藏。
應邀中國當代名家作品展於台北市中山堂畫廊。
河洛圖書出版公司編印「中國現代水墨集作品蕉菊」。
應邀夏威夷火魯魯舉辦國慶中國名家畫展。
創辦書畫家雜誌，擔任社長。二月一日創刊由淩祖綿先生擔任發行人，社址設台北市師大路一三二號三樓。
第十五次個展於日本仙台三越百貨公司畫廊。
中國美術協會出「中國當代名家畫集」作品「籬邊」。
應邀美國各州巡迴展（歷史博物館主辦）。
一九七九　己未　五十四歲
應邀鹿港民俗館開幕展出「雞」並典藏。
應邀台南文化中心舉辦當代名家展。
應邀蔣公先總統逝世五週年國畫展於國父紀念館中山畫廊。
應邀嘉義市舉辦當代名家展。
應邀爲黃杰上將夫人授課每週兩小時。
一九八〇　庚申　五十五歲

1978年創辦書畫家雜誌

1981年師大美術系主任黃君璧大師同令愛黃小姐參觀我第16次個展展出

應邀韓國國際現代美術大展於漢城市。
應邀全國第九屆美展。
應中華文化復興委員會編印中國當代名家畫集作品「蕉葉瓦雀」。
一九八一　辛酉　五十六歲
徐谷菴畫集第三冊出版由陳定山、成惕軒兩先生寫序文。
二月三一四期勝利之光藝壇點線面報導刊出「向日葵」、「枇杷竹雀」兩幅並附介紹文。
第十六次個展於省立博物館（台北市）。
第十七次個展於台中省立中興畫廊。
第十八次個展於台北市「文苑」由黃杰上將與陳定山先生主持揭幕儀式。.
應邀美國紐約聖若望大學「中正美術館」舉辦雞年畫展。
應邀全國名家特展於國家畫展。
應邀中國當代名家書畫展於馬來西亞展出。
應邀中國當代名家書畫展於多明利加展出。
應邀代表參加全國第三屆文藝大會於陽明山中山樓。
一九八二　壬戌　五十七歲
應邀韓中文化教育基金會與陳定山先生赴韓國漢城書畫展暨韓國十天遊。
並應邀於韓國清州大學校園中植樹留念。
國立台灣技術大學收藏「枇杷」乙幅。
第十九次個展於日本仙台三越百貨公司畫廊。
台南市府印製中國美術名鑑作品「水墨花鳥」乙幅。
遷居台北縣新店碧潭「美之城」。
一九八三　癸亥　五十八歲
十月與宋孟璇小姐結婚於台北市中國大飯店。
應邀第十屆全國美展作品「枇杷」。
第二十次個展於省立博物館。
榮獲列入中國現代名人錄。
應邀東海大學義賣展作品「墨梅」。
應邀荷花特展於國家畫展。
第二十一次個展於高雄市文化中心亦是與孟璇結婚蜜月旅行展，幸獲岳父母南下高雄參觀。
聘任中國美術協會第七屆秘書長職。
一九八四　甲子　五十九歲
應邀台南市文化中心落成開幕特展。
應邀國家畫廊主辦千面扇畫特展。
應邀高雄市主辦當代美術大展。
省立花蓮社教館收藏「梅花」乙幅。
十月十日四子常順出生台北。
一九八五　乙丑　六十 歲
應中國倫理學會邀訪美國各大都市文化巡迴交流展於檀香山、夏威夷、洛杉磯、華盛頓、芝加哥、休士頓、紐約、舊金山。
第二十二次個展於台北市慈暉畫廊。
五月十日藝術圖書公司出版牡丹畫集，提供作品「三月洛陽」。
一九八六　丙寅　六十一歲
第二十三次個展於中壢藝術館展出。
應邀編入七五年中國美術年鑑 。
應邀國家畫廊舉辦春節吉祥特展。
應邀全國第十一屆美展。
烏拉圭政府收藏花鳥作品兩幅（史博館主辦）。
應邀紀念蔣公先總統百年華誕及第八屆榮民畫展（史博館主辦）。
十二月遷居桃園縣楊梅鎮濤園。
應邀中韓書畫聯展於漢城（史博館主辦）。
一九八七　丁卯　六十二歲
應美洲亞洲藝術學院聯展（美國）。
應邀畫我家鄉彰化文化中心舉辦。
應邀台東金針山寫生史博館主辦。

1981年第十八次個展（文苑）黃杰上將、陳定山先生舉行開幕剪彩

1982年第十九次個展於日本仙台三越畫廊

1982年應韓中文化基金會之邀在漢城展出並參訪清州大學

應邀畫我家鄉金門縣府舉辦。
彰化老人基金會書畫義賣捐贈對聯乙幅。
一九八八　戊辰　六十三歲
當選中國美術協會第八屆理事長。
應邀訪菲律賓馬尼拉市宣揚中華文化展並當場揮毫（中國出版協會主辦）。
韓國舉辦一九八九世運會邀請中日韓書畫家特展（漢城）。
應邀中國現代圖書書畫展由韓國東洋放送與中央日報社共同舉辦於漢城。
應邀黎明畫廊週年慶荷花特展（台北市）。
應邀頭寮寫生展史博館主辦。
應邀中國書畫名家美國五年巡迴展（史博館主辦）。
第二十四次個展於省立彰化社教館展出由東海大學校長梅可望、彰化縣長黃石城共同揭幕。
第二十五次個展於黎明畫廊 。
當選第十三屆黨代表參加大會於桃園縣林口中正體育館。
應邀「山高水長」書展爲蔣總統經國先生逝世週年特展，省教育廳舉辦展於台北市省博物館。
一九八九　己巳　六十四歲
應邀全國第十二屆美展擔任籌備委員展出作品「雄姿」。
返鄉探親並遊張家界。
七月由太平洋文化基金會應邀舉辦歐洲文化訪問團於英、法、比利時、荷蘭、瑞士、梵蒂岡、義大利等國，同行有名作家郭嗣汾、詩人莫洛夫等台大多位教授。
榮獲藝術教育館頒發「推行美術研究及社教工作卓著貢獻」獎。
應邀澎湖縣文化中心畫我家鄉。
應邀彰化縣文化中心舉辦端節揮毫示範於鹿港。
十月份藝術教育館藝文講座於中正藝廊花鳥示範揮毫主講。
一九九〇　庚午　六十五歲
應邀藝術教育館舉辦畫馬「馬到成功」特展。
應邀彰化文化中心舉辦畫我家鄉。
應邀花蓮縣文化中心演藝廳落成親率中國美協同仁完成兩巨幅畫作於演藝廳兩側。
台北縣立文化中心典藏「柳塘野趣」乙幅。
三月二十五日美術節慶祝大會擔任主席
應邀太平洋文化基金會主辦蘇聯東歐文化訪問團於莫斯科、南斯拉夫、波蘭、東德、捷克、匈牙利、奧地利等國，團員有名作家郭嗣汾、應未遲、韓濤、名詩人莫洛夫、向明、丹扉、上官予、蓉子、台大教授張麟徵女士及外交官丁慰遲、黃秀日等。
應邀擔任第二十六屆文藝金像獎評審委員並擔任國畫類創作頒獎人。
桃園縣文化中心典藏作品「雄姿」。
列入台灣美術年鑑 （雄獅美術出版）。
應邀澎湖縣文化中心舉辦「探討我國近代美術演變及發展」會議。
應邀美洲亞洲藝術學院聯展。
應邀桃竹苗三縣舉辦海峽兩岸名家書畫展。
應邀新加坡佛教協會舉辦中國名家畫展並典藏「竹雀」乙幅。
四月受聘中國美術研究中心國畫教授職。
一九九一　辛未　六十六歲
長孫女徐凡茹（上軒）出生於台北市。
應邀荷花特展藝教館舉辦。
應邀中國東方文化研究會舉辦二十世紀中華書院掇英賽展，印有書冊（北京）。
應邀省立彰化社教館舉辦中部五縣市文藝作家座談會並示範揮毫。
擔任中國美協大陸寫生之旅領隊，遊北京、承德、漢口、三峽、昆明、重慶、石林等地。
長子徐景洪病逝於湖南桃源縣家鄉。
受聘第二十七屆文藝金像獎評審委員。
中國美術家協會創會發起人。
受聘爲中國文藝協會第二十六屆美術副主任委員。
應邀太平洋文化基金會與台灣省立美術館舉辦兩岸名家大展於上海美術館及台灣省立美術館展出作品「墨荷」。
省立美術館籌辦美術基金義賣作品「我愛國花」。
應邀大陸舉辦國際中國畫展「梅花」乙幅，印有畫冊（北京）。
應邀苗栗縣文化中心舉辦國花「畫梅特展」。

1983年與孟璇結婚

1983年應高市文化中心之邀舉辦第21次個展

1983年高市個展岳父母蒞臨參觀畫展

應邀全國美展得獎人巡迴展。
應邀全國藝文團體工作研討會於花蓮國軍英雄館舉行（中國文藝協會主辦）。
應邀第十三屆全國美展。
應邀亞細亞國際美展於漢城。

一九九二　壬申　六十七歲

受聘金門國軍新文藝輔導委員。
應邀第四十六屆全省美展作品「庭園一角」。
榮獲美術節慶祝大會表揚頒發「宏揚社教卓著榮譽狀」藝術教育館。
八月赴紐西蘭、澳洲旅遊。
九月赴大陸絲路之旅寫生，同行林玉山、黃歐波、賴傳鑑等教授，由廣州轉烏魯木齊、天山、吐魯番、柳園、敦煌、嘉谷關、蘭州、炳靈寺、天水、麥積山、西安等地。
主持長孫徐建忠結婚典禮於湖南家鄉。

一九九三　癸酉　六十八歲

應邀「一鳴天下白」特展藝術教育館主辦。
三月二十五返鄉為父母做福事。
應邀台中市和林藝術中心開幕展。
應邀省立美術館舉辦「我習畫六十年」特展。
應邀全國美展得獎人「美之華」特展，藝術教育館舉辦。
應邀第四十七屆全省美展作品「秋荷」。
應邀張大千、溥心畬、兩大師詩書畫學術研討會三天，故宮博物院舉辦。
受聘「中華藝文交流協會」國畫顧問兼決審。
捐贈彰化縣啓智協會義賣作品乙幅。
應邀省立彰化社教館文化下鄉欣賞示範講解活動兩天。
台灣省立美術館典藏「雄姿」乙幅。
應邀國畫油畫大展於中正藝廊，藝教館主辦。
五月應勝利之光四六二期專訪特別報導附作品十三幅。
受聘第二十九屆文藝金像獎美術類國畫評審委員。
彰化縣仁愛實驗學校舉辦關懷殘障名家作品義賣會捐對聯乙幅。
應邀美州亞州藝術學院第九屆美展。
受聘為中國美術家協會榮譽理事。
九月帶學生遊長江三峽、峨嵋山、廬山、南京、揚州、西湖，隨團林玉山、
黃歐波、東海大學副教授董夢梅等人。
徐谷菴師生聯展於國軍文藝中心（台北市）。

一九九四　甲戌　六十九歲

應邀春節年畫特展，藝術教育館主辦。
受聘空軍總政戰部舉辦藍天美展評審委員。
琉球政府要員訪問團來我國以國畫花鳥兩幅由歷史博物館函邀繪贈。
應邀編入台灣藝術名人錄（英文版）作品「黃金時代」。
藝術教育館藝術研習班老師聯展於藝術教育館畫廊。
三月十八日赴黃山寫生，經上海、桂林、楊朔、蘇杭等地，隨團教授林玉山、許深州等人。
十月二十三日受邀國際書畫名家展於國父紀念館中山畫廊。
應邀赴高雄縣六龜鄉林業試驗所造紙廠試紙，同行畫家吳承硯夫婦、胡念祖夫婦、孫家勤夫婦、沈以正夫婦、熊宜中、劉平衡、李可梅等畫家。

一九九五　乙亥　七十歲

受聘為中國四維八德實踐會榮譽顧問。
應邀豬年畫豬特展於中正藝廊，藝術教育館主辦。
應邀第十四屆全國美展「墨荷」。
桃園縣第十三屆桃源美展寫生比賽擔任評審頒獎人。
應邀畫「清供圖」示範講解，藝術教育館主辦。
應邀台南省立社教館舉辦百人名家書畫展。
應邀全國藝文名人為國立故宮七十周年慶在該院至善園雅集揮毫活動。
應邀省立美術館五十週年回顧展「墨荷」。
應邀中正藝廊講堂示範講解「玫瑰花」，藝術教育館主辦。

1985年美國巡迴訪問展出畫畫、中國倫理學會舉辦

1988年當選中國美術協會理事長

1990年藝術研討會

應邀台中大道書畫會舉辦中韓名家聯展。
編入中國美術書畫界名人名作博覽集「展望」乙幅。（北京）
列入當代藝術界名錄（大陸編印）。
長曾孫徐懿出生湖南桃源縣。
應邀桃園縣文化中心第八次美術作品審查會擔任審查委員。

一九九六　丙子　七十一歲

受聘爲中國文藝協會美術委員副主任委員。
應邀桃園縣文化中心第十四屆桃源美展。
受聘大韓民國「亞細亞」美展顧問，送展作品書法對聯乙幅。
應邀主持中華藝文交流協會「亞洲金牌獎」評審委員。
受聘桃園縣文化中心典藏評議委員。
應邀彩繪燈籠特展，歷史博物館主辦。
應邀春節揮毫贈畫活動，藝術教育館主辦。
應邀迎春接福吉慶畫鼠大展，藝術教育館主辦。
應邀美州亞州藝術學院第十屆聯展（美國）。
受聘爲中國文藝協會第三七屆文藝獎美術評審委員。
應邀新竹縣八四年度小學老師書畫篆刻研習班活動，講授國畫基礎入門。
桃園縣文化中心八五年度典藏「展望」乙幅。
應邀新竹文化中心示範講解揮毫作品兩件中心典藏。
帶學生赴張家界、九寨溝等地，並於張家界村委要求我即席揮毫「世外桃源」。
應省立新竹社教館邀請名家聯誼於石頭山揮毫示範。
應邀十二月十七日行政院文化建設委員會招開籌建藝術村座談會。

一九九七　丁丑　七十二歲

應邀牛年畫牛特展於中正藝廊展出藝術教育館主辦。
編入中日現代美術通鑑於七月出版。
應邀於中國文藝協會「文苑雅集」並討論全中國文藝如何推展會議三天於台中日月潭中信大飯店舉行，文建會策劃文協主辦。
應邀全國文藝大會第一階段「桃竹苗區座談會」於新竹九華山莊舉行兩天。
榮獲桃園縣第十四屆美術家「薪傳獎」。
應邀第十五屆桃園縣「桃源美展」籌備會。
台中梨山福壽山觀光農場休憩中心大門上書「世外桃源」應退輔會江少將邀請。
主持學生陳績女士個展於文藝中心，與前總統府秘書長蔣彥士夫婦剪綵揭幕。
九月二十日編入中國美術家名鑑，美協主編。
八月與內子孟璇青海西藏遊，經廣州、寧夏、青海、都蘭格爾木、崑崙山、啞口、海拔約六千多公尺高之沱沱河沿、唐古拉山口、那曲、拉薩、江孜、日喀則等地。
應邀第十五屆桃源美展。
赴大陸雁蕩山、山東泰山少林寺、中嶽嵩山、洛陽、荷澤牡丹盛會寫生。

一九九八　戊寅　七十三歲

應邀於藝術教育館揮毫示範活動。
受聘文藝協會舉辦文藝獎章國畫評審委員。
應邀虎年畫虎特展於中正藝廊，藝術教育館主辦。
受聘台中市第三屆大墩美展獎評審委員。
應邀〔桃園美展〕籌備會議，桃園文化中心主辦。
應邀第十五屆全國美展。
受聘桃園文化中心典藏美術作品審查委員會議。
應邀舉辦二十一世紀視覺藝術研討會。文建會策劃師大藝術系主辦。
應邀國際學術新展望研討會。
應邀參加故宮博物院舉辦畢卡索、張大千、東西兩大師作品展揭幕會。
應邀台南省立社教館舉辦一九九九名家書畫展。

一九九九　己卯　七十四歲

應邀兔年畫兔特展於中正藝廊，藝術教育館主辦。
帶學生赴雲貴寫生之旅，並參觀國際花藝特展於昆明市。
長曾孫女徐源出生湖南桃源縣。
應邀五十年台灣美術教育回顧與發展研討會（師範大學舉辦）。
應邀二十一世紀國軍美術發展研討會（政治作戰學校美術系主辦）。
受聘桃園縣文化中心第十四次美術作品展審查會議。
應邀爲總統府資政陳立夫百歲名家百人祝壽展於國家畫廊（印有畫冊）。
受聘台中市文化中心第五屆大墩美展獎評審委員。
應邀第十八屆「桃源美展」籌備會，桃園文化中心主辦。

1993年呂佛庭教授在我六十年繪畫展中致詞

薪傳獎時與家人合影

1997年呂縣長主持薪傳獎展

受聘第十八屆「桃源美展」評審委員。
應邀桃園縣文化中心舉辦跨世紀全運會藝術節桃園百景美展。
受聘中華書畫藝術研究學會顧問。

二〇〇〇　庚辰　七十五歲

應邀應邀爲台灣水墨會首展國家畫廊展出。
應邀中華書畫藝術研究會首展於台中市。
應邀中國當代水墨新觀展於中正藝廊，藝術教育館主辦 。
應邀中華書畫藝術研究會展於苗栗縣文化中心。
六月七日黃山、華山、黃河壺口瀑布、西安、皇帝陵、臨汾、鄆城、芮城、上海等寫生遊。
主持學生呂禮珍八十二歲習畫二十年首展於文藝中心。
榮獲行政院文建會千禧年歲末表揚資深文化人頒發獎牌。

二〇〇一　辛巳　七十六歲

元月二十七日赴東北長白山、哈爾濱、長春、延吉、瀋陽、大連遊。
舉辦中國國畫學會會員首展於文藝中心。
應邀桃園縣美術家二〇〇一聯展，桃園文化中心主辦。
受聘審查桃園文化局九〇年第十六次美術展作品。
捐贈華濟醫院文教基金會義賣對聯兩幅。
赴內蒙古、寧夏、山西、黃河、壺口瀑布、平遙、古城臨汾、五臺山、恆山、西安、皇帝陵、懸空寺、呼和浩特、希拉穆仁草原、包頭、成吉思汗、銀川等寫生。
主持學生組耕耘畫會首展揭幕式。
主持學生袁定中第四次個展於藝術教育館。
主持學生彭阿換手次個展於台北文藝中心。

二〇〇二　壬午　七十七歲

主持學生組成水源畫會於臺北市議會畫廊。
二月七日帶兩女兒返鄉過年並遊星德山、常德市、桃花源。
應邀香港大公報創刊百年紀念書畫名家展印有紀念畫冊。
應邀桃園縣文化局二十屆桃源美展籌備會二次。
應編入世界著名華人藝術家辭典（二〇〇二）年。
應邀第十六屆全國美展。
帶學生寫生於世界跨國第二大瀑布廣西（德天瀑布）。
應邀桃園縣文化局主辦第二十屆桃源美展。

二〇〇三　癸未　七十八歲

榮獲「國際文化交流中心」舉辦第五屆「環球國際藝術貢獻獎」及中華藝苑菁英成就獎金像獎。中國主辦。
應邀桃園縣第二十一屆桃源美展籌備會。
應邀桃園縣「桃源美展」 。
編入中華名人大典。
應中國人民日報網路海外版入編「中華藝苑名家」名鑑。
應邀二〇〇三年入編「中華翰墨藝術寶典」。中國

二〇〇四　甲申　七十九歲

推動楊梅文化活動由學生組成畫會首展。
應邀「桃源美展」第二十二屆展出。
三月二十一日愛妻於長庚醫院腫瘤開刀。
三月二十七日愛妻二度進入長庚醫院開刀。

二〇〇五　乙酉　八十歲

一月赴「北越」下龍灣及「柬埔寨」吳哥窟寫生一週。
應邀「桃源美展」第二十三屆。
三月七日因心臟心血管疾病住院檢查。
三月十五日接受「心血管繞道手術」開刀八小時，很幸運手術成功，三月二十八日出院返家。
十月一日帶學生與內子孟璇同赴江西、福建名山「三青山」「龍虎山」「龜峰山」「武夷山」等地寫生。

二〇〇六　丙戌　八十一歲

四月十九日榮總檢查腮下腫瘤。
四月二十九日友人介紹台中益福堂廖老中醫診療爲淋巴癌。〔治療中〕
七月二十日星雲八十華誕百家書畫賀壽展（作品：庭園一角）。

1999年應邀參加五十年台灣美術教育研討會，文建會策劃師大舉辦

國家圖書館出版品預行編目資料

徐谷菴書畫作品輯／徐谷菴著. -- 桃園縣楊梅
鎮：心畫齋, 2007〔民96〕
冊；　公分

ISBN 978-986-83078-0-3（全套：精裝）

1. 書畫 - 作品集

941.5　　　　96000378

徐谷菴書畫作品集

著 作 者：徐谷菴
發 行 人：宋孟璇
出 版 者：心畫齋同門聯誼會
地　　址：桃園縣楊梅鎮光復北街31號
電　　話：03-4759219
傳　　真：03-4882519
e-mail：c91102530512@yahoo.com.tw
主　　編：唐健風
執行編輯：徐于棠
助理編輯：梁月盈
中文編輯：侯金鳳
美術編輯：李莉萍　王齡慧
作品攝影：唐健風
印　　刷：裕華彩藝股份有限公司
定　　價：新臺幣5000元
劃撥帳號：5000-7690　　帳戶：宋孟璇

2007年3月出版